目次

日暮里道灌山
長泉寺
根津権現
入谷
上野山
菊坂町
下谷広徳寺
神田明神
神田川
浅草奥山
浅草寺
竹町の渡し
蔵前
閻魔堂
本所石原町
押上村
向島
隅田村
柳橋
日本橋
室町
呉服町
こんにゃく島
大川(隅田川)
霊岸島
薬師堂
横川
小名木川
木場
十万坪
永代橋
深川
南町奉行所
三十間堀
八丁堀
稲荷橋
鉄砲洲
三十三間堂
芝源助町
北
西
東
南

京橋界隈
居酒屋「そめじ」
白魚橋
弾正橋
中ノ橋
真福寺橋
京橋
中ノ橋
比丘尼橋
水谷町
栄三郎の「手習い道場」
紀伊国橋
新シ橋
木挽橋
木挽町二丁目
唐辛子屋「たけや」
西本願寺
船松町
石川島
佃島
江戸城
溜池
愛宕山
麻布
金杉橋
増上寺
品川

「千の倉より」の舞台

地図作成／三潮社

第一話

浮世絵の女

一
文化三年（一八〇六）の年が明けた。

昨年末に、剣の弟子である陣馬七郎《じんましちろう》の危急を救うため、廻国《かいこく》修行の旅から戻った岸裏伝兵衛《きしうらでんべえ》は、事を収めた後もそのまま江戸で正月を過ごしていた。

　同じく弟子の秋月栄三郎《あきづきえいざぶろう》が、今は京橋水谷町《きょうばしみずたにちょう》にある〝手習い道場〟なる、手習い所と道場を兼ねた一棟に住んでいて、とにかく逗留《とうりゅう》してくれるようにと願うものだから、つい腰が座ってしまったのである。

　手習い道場には、栄三郎の内弟子であり、乾分《こぶん》であり、取次屋の番頭である、又平《またへい》なる軽業《かるわざ》芸人あがりの若いのがいて、これが実に気が利《き》いていてあれこれ世話をしてくれる。近くには、栄三郎と共に内弟子であった、松田新兵衛《まつだしんべえ》が住んでいて、何かというと訪ねてくるし、酒食の方は、少し足を運べば、〝そめじ〟という居酒屋があって、そこを一人で切り盛りする、元辰巳《たつみ》芸者のお染《そめ》が好物を調《ととの》えてくれる。

　まことに居心地が良いのだ。

麻上下姿《あさがみしも》で、上役のところへ、くたくたになりながら年始廻りに出なければならない侍と違って、町の正月はのんびりとしている。

三が日は、手習い道場で、裏長屋の衆を交えて飲むか、〝そめじ〟で飲むか、手習い道場の地主である、呉服町《ごふく》の大店《おおだな》・田辺屋宗右衛門《たなべやそうえもん》に招かれて飲むか――とにかく飲んで食べて、笑って過ごした。

とはいえ、

「いくら、流儀の名が〝気楽流《きらく》〟でも、武芸に生きる身がこうのんびりとはしておれぬ……」

町人と侍との間を行き来して、あらゆるいざこざ、揉《も》め事を解決するという〝取次屋〟を内職とし、町の者達と共に生きる中に、己《おの》が剣の道筋を見出した秋月栄三郎――。

我が弟子ながら、

「大したものだ」

と思うし、この男と居ると、まことに楽しい。しかし、六年前に、己が道場を畳み、江戸を出てより続いている廻国修行をこれで終わらせるつもりのない伝兵衛であった。

正月の四日目からは、武芸者《ぶげいしゃ》の顔に戻り、手習い道場をふらりと出て、無沙汰《ぶさた》をしている、江戸の方々の道場を訪ね歩いたのであった。

「旅を続けるうちに、一所《ひとところ》にはじっとしておられぬ性分《しょうぶん》にお成りになったのであろうよ……」

栄三郎は、十五年の間、内弟子として父のように慕い、剣を学んだ師に、あれこれ聞きたいことも、聞いてもらいたいこともまだまだあるというのに、道場を出たまま戻ってこない伝兵衛に、苦笑いを浮かべたものである。

さて、その岸裏伝兵衛が、久方ぶりに、馬庭念流《まにわねん》の遣い手・竹山国蔵《たけやまくにぞう》を小石川《こいしかわ》片《かた》町の道場に訪ねたのは、正月の十日のことであった。

普段は温和で、学者のように博識であるが、一度剣をとると軍神のような威を放つ――。

伝兵衛はそんな国蔵の人となりに惹《ひ》かれて、流儀にかかわらず教えを請《こ》うたことから、国蔵もまた伝兵衛の飾らぬ人柄を好み、二人の間には以前から交誼《こうぎ》があった。

「これはまた、珍しい人が訪ねてくれたものじゃ」

「噂《うわさ》に聞けば、竹山先生は近頃、以前よりもなお、方々の御屋敷へ出稽古《でげいこ》に参られているとのこと。すぐにでもお訪ねしたいとは思いながら、御多忙の折、御迷惑がかかってはならぬと……」

江戸へ戻って以来の無沙汰を詫《わ》びる伝兵衛を、国蔵は大喜びで道場に迎え、並んで見所《けんぞ》に座し、門人達の稽古を見てやってくれと頼んだ。

この日、道場では、三十人ばかりの門弟が汗を流していた。

大名、旗本屋敷に出向いて剣術指南をすることの多い国蔵は、自分の道場で見る弟子は大旨《おおむね》五十人と決めている。

それを何日かに分けて稽古をつけるのであるが、五十人でもなかなか目が届かないことを国蔵はいつも気にかけていた。

「その上に、某《それがし》などが教えを請うものですから、竹山先生も大変でございますな」

伝兵衛は、迷惑を顧《かえり》みずに、よく道場へ押しかけた昔を詫びた。

「どうじゃな。以前のように、江戸に落ち着いて道場を構える気はないのかのう」

「いやいや、弟子を教えるうちに、己が剣の拙《つたな》さがつくづくとわかりましたゆえ、もう少し修行をしてみようと……」

「それには一人がよいかな」

「はい」

「考えさせられる話じゃのう」

このような会話をするうち、伝兵衛は、門人の内に、十五、六歳くらいの少年が一人居ることに気付いた。

筋骨隆々たる大人の剣士達の中に混じって、まだ出来あがってはおらぬ体軀《たいく》は、華奢《きゃしゃ》で、いかにも頼りなかった。

「ほう、可愛《かわい》いのが一人居《お》りますな……」

「おお、あれか……」

国蔵は、ふっと笑って少年を見た。

「他の道場を紹介すると申したのじゃが、たってと、父親に頼みこまれてしもうてな……」

少年の名は、笠間《かさま》忠也《ちゅうや》という。

父・源三郎《げんざぶろう》は無役の御家人で、かつて馬庭念流を習い、相当な腕に達したが、ここぞというところで怪我《けが》に泣き、剣術をもって御役に推挙されることはなかった。

それゆえに、嫡男《ちゃくなん》である忠也への想いは強く、何としても名だたる剣士となり、代々続く小普請組《こぶしん》からの脱却を遂げてくれることを望んでいるのである。

「なるほど、それで竹山先生の許《もと》へと……」

「あれの父親とは、昔何度か稽古を共にしたこともござってな。断りきれなんだ……」

「父親の想いは、なかなか子供には伝わらぬものですな」

「岸裏殿の目にもそう映るか」

「誰の目にも明らかでござりましょう」

笠間忠也なる少年は、木太刀《きだち》の振り、足の捌《さば》き、構えた時の姿勢、どれをとっても心許《こころもと》無く、勘の悪さが窺《うかが》える。

松田新兵衛、秋月栄三郎が入門した時のことを思うと、同じ歳《とし》頃でも大違いである。

「実は、あれこれと、忠也については気にかかることがござってな」

「あれこれと……。気になりますな」

「他ならぬ貴殿のことじゃ。話を聞いて頂こうかのう」

「是非、お聞かせ頂きとうござる」

道場を畳み、一人となった気楽さからか、近頃の伝兵衛は、何かと人に節介を焼くのが楽しくて堪《たま》らないようだ。

竹山国蔵が気になることとはこうだ――。

忠也の父・笠間源三郎に、

「竹山先生が御多忙の由《よし》は、百も承知でござる。だが、先生の御弟子の端に、倅《せがれ》が連なることは、本人の励みにもなりましょう……」

などと頼みこまれ、国蔵はとりあえず三日に一度、忠也が道場に通ってくることを許してやった。

若き日の源三郎の腕前を知るだけに、それなりの期待もあった。

しかし、いざ道場で門人に相手をさせてみるに、伝兵衛の指摘通りの様子で、忠也にはまるで剣術の才が無い。

不器用でも、親の期待に応えて、何としても剣を修めるのだという気迫があれば、まだ鍛《きた》えようがあるというものだが、国蔵に目をかけてもらおうと張り切るわけでもなし、とにかく三日に一度稽古に来ていると、父親に申し訳を立てているだけのように見える。

その様子は、三月《みつき》前、初めてこの道場に来た時と比べ、さらに顕著になっている。

「それが二、三日前、下谷《したや》へ所用があって出かけた折、笠間源三郎と偶然に出会《でお》うたのだが……」

源三郎は、国蔵を見かけるや、手を取らんばかりに喜んで、

「さすがは、竹山先生でござる。某がいくら教えたとて、剣術に精を出さなんだ忠也が、毎日のように、先生が御不在の折にも道場へ通うようになるとは……」

と、何度も何度も頭を下げたと言うのだ。

「なるほど……」

伝兵衛はにやりと笑った。

「竹山先生は、三日に一度と取り決めはしたが、稽古に慣れれば、毎日通ってきてもよい……。そう、仰《おお》せになられたのですか」

「確かに忠也にそう言った」

「だが、あの坊やは、三日に一度しか道場には来ていない……」

「そういうことだ……」

国蔵は渋い表情で頷《うなず》いて、

「忠也の奴《やつ》め、道場へ行くと父親に嘘《うそ》をついて、その実、どこぞへ入り浸《びた》ってい

るに違いない」

「そのことを、笠間殿へは……」

「告げてはおらぬよ。そのようなことを言えば、あの坊やは叩《たた》き殺されよう」

「先生はお優しゅうござるな」

「忠也の気持ちもわからぬでもないゆえにな。己が果たせなんだ夢を子に托《たく》すのは人情ではあるが、親の身勝手とも言える」

「それは確かに、しかも、身にそぐわぬ大人ばかりの道場に放りこまれてはたまったものではござりませぬな」

父親を欺《あざむ》く少年の身になって考えてやる――。伝兵衛は、国蔵のこういう人間の〝奥行き〟が好きなのである。

「忠也の奴め、剣の腕はさっぱり上達せぬが、顔付きが良うなった。どこへ入り浸っているかは知らぬが、遊び呆《ほう》けているわけではあるまい」

伝兵衛はじっくりと忠也を見た。

兄弟子に叱《しか》られながら、木太刀を振っているその姿はやはり不恰好《ぶかっこう》だが、

――うむ、良い目をしている。

それは、何かに夢中になっている時の、稚気《ちき》にあふれた男の目である。五十に

なる伝兵衛には懐かしい輝きだ。

「羨《うらや》ましゅうござるな」

「いや、まことに……」

伝兵衛の想いを察して、国蔵は相槌《あいづち》をうった。

だが、親を欺いてよいものではない。

国蔵に預けた限りは、道場には来ないと言った源三郎のこと、黙っていてやれば露見することはないだろうが、源三郎とて、それなりに剣の修行を積んだ侍だ。毎日道場に通う者と、三日に一度通う者の剣の違いにいずれ気がつくは必《ひっ》定《じょう》――。

さて、どうしてやろうかと、国蔵は思っているのである。

いったん、道場での稽古を認めたからには、笠間忠也は弟子である。

師は弟子の行く末を見守ってやらねばならない。

「まず、あの坊やがどこに入り浸っているかを知りたいものですな」

伝兵衛が言った。

「といって、いきなり問い詰めて、心が頑《かたく》なになってしもうてもいかぬ」

「そっと様子を探ってみましょう」

「まさか岸裏殿にそのようなことを……」

「某よりもっと、このようなことに慣れた男がおります」

「慣れた男……。おお、そういえば……！」

国蔵は思わず膝《ひざ》を打った。

伝兵衛は得意気に頷いた。

勇ましい掛け声が響き渡る道場の中で、大人達の稽古についていくのがやっとの笠間忠也には、名だたる剣客の二人が、今自分の話をしていることなど知る由もなかった。

二

それから五日後の夕刻――。

秋月栄三郎は、京橋の東詰にある、居酒屋〝そめじ〟のいつもの小上がりに居て、小鍋を前に一杯やっていた。

火鉢にかけられた小鍋には、焼《や》き鯛《だい》の切り身、大根、豆腐が、しょうゆ味の出し汁の中、ことことと煮えている。

「うまい……」

焼き鯛が何とも香ばしく、思わず栄三郎の顔が綻《ほころ》んだ。

「お染、随分と腕を上げたじゃねえか」

「腕を上げた？　そこいらのものを鍋の中に放りこんだだけさ」

いつもの如《ごと》く、ぞんざいな口を利《き》きながらも、店を一人で切り盛りするお染の声は、嬉しそうである。

この男が店に来るとほっとする。

元は深川《ふかがわ》の売れっ子芸者で、身寄りはなくとも、未《いま》だに辰巳芸者達から〝染次《そめじ》姐《ねえ》さん〟と慕われているお染の身の回りはいつも賑《にぎ》やかだ。

とはいえ、男勝りの姐さんでも、年の暮れや初めは、女独《ひと》りの身はどうも寂しい。

それが、この男が一人来てくれるだけで、次々に人の輪が広がり、自分はいつもその真ん中に居るという安らぎを覚えるのだ。

「何だか日がたつのは早いねえ。もう松飾りがとれちまったよ」

燗《かん》がついたちろりを小上がりに運びながら、お染が溜息《ためいき》をついた。

「松飾りなんか、とれてせいせいするってもんだよ」

「どうしてだい」

「おれはだいたい、正月だとか、祭だとか、紋日《もんび》だとかは、何かやらかさねえといけねえようで、どうも落ち着かねえから嫌だ。今日はこんなことがあった。明日はこうはならねえか、そんなことを考えながら、いつもの暮らしを送る方がよっぽど楽しいや」

「それは栄三《えいざ》さんの暮らしが、毎日、正月で、祭で、紋日だからさ」

「なるほど。お染、お前、うまいこと言うな。つまるところ、おれは馬鹿か……」

そこへ、又平がやって来た。

「馬鹿がもう一人来たよ……」

お染は又平の姿を見ると、憎まれ口をたたいて板場へと入った。

「誰が馬鹿だって……」

又平が口をとがらせた。お染との〝戦い〟は今年になっても続いている。

「まあ一杯やりな」

栄三郎は又平に酒と小鍋立ての肴《さかな》を勧めた。

お染が板場へ入って幸いである。又平は、〝取次〟の仕事をこなしてきたのである。

駆けつけ三杯で、喉《のど》を張り切らせると、

「若旦那の入り浸っている所がわかりましたよ……」

と、又平は少しもったいをつけた。

竹山国蔵が気にかかる、笠間忠也の素行――。

小石川片町の道場に国蔵を訪ねた岸裏伝兵衛は、それを、己が弟子である秋月栄三郎に調べさせましょうと持ちかけた。

国蔵は、伝兵衛に連れられて道場に来た栄三郎を、かつて何度か指南したことがあった。

その後も、時折訪ねてきては、あれこれ世情の噂話など物語ってくれる友人の弟子を気に入っていたから、

「あの男に頼むのは名案じゃ……」

と、伝兵衛に、手間の金子《きんす》を二両言付けたのである。

「いやいや、取次料なるものは某が栄三郎に渡しておきます」

師の頼みだと、値切ってやるつもりの伝兵衛であったが、その金子は笠間忠也の父・源三郎が束脩《そくしゅう》にと無理矢理置いていったもので、栄三郎には、きめ細か

に忠也のことを調べてもらいたい――国蔵はそう言って二両を托したのだ。

「貧乏御家人が二両の束脩を納めるなど、大抵のことではない。栄三郎、心してあたってくれ」

伝兵衛は、ふらりと手習い道場に現れて、愛弟子《まなでし》に金を渡すと、

「十日後に来る。その時は一杯おごれ……」

そう言い置いて、またふらりと出て行った。

――竹山、岸裏両先生の頼みとあれば、粗略にはできぬ。

栄三郎は早速、又平に下谷廣徳寺《こうとくじ》前にあるという笠間源三郎の屋敷を捜させ、忠也の足取りを確かめさせたのであった。

「で、笠間忠也は、片町の道場へ行かずに、どこへ入り浸っていたんだい」

もったいをつける又平に、栄三郎はわざと身を乗り出して見せた。

「へ、へ、それが、鈴川清信《すずかわきよのぶ》っていう絵師の所で」

「鈴川清信……。ひょっとしてそこは、長泉寺《ちようせん》の参道を出て、本郷菊坂町《ほんごうきくざか》にかかった辺りじゃねえのかい」

「よく御存じで。そんなに名の売れた絵師なんですかい」

「いや、前に一度、おれも家の前を通りがかったことがあるんだ」

三月ほど前のこと、あれこれ、剣客の動向など聞きに竹山国蔵を訪ねた折、栄三郎は帰りに、長泉寺の参道にうまいそば屋があると聞いたことを思い出し、店を捜した。

そのうちに、慣れぬ土地のこと、道に迷って路地へ入ったところ、長屋の一軒に絵師の仕事場を見つけたのだ。

仕事場の戸は開け放たれていて、土間の向こうの一間には、背中向けに絵筆をはしらせる若い男の姿が窺《うかが》われた。そこかしこに飾ってある美人画が何とも美しい。

思わず立ち止まって、浮世絵に見とれる栄三郎に気付いて、

「お気に召しましたか……」

若い絵師はにっこりと、人懐《ひとなつ》っこい笑顔を向けてきた。

「それで、よかったら絵を観《み》ていってくれと言うんで、少しの間立ち寄って、世間話などして別れたことがあったが、その絵師が確か……」

「へい、鈴川清信に間違いありやせん。忠也という若旦那は、絵師の仕事を手伝っておりやしたよ」

「仕事を手伝う？」

「へい、そのかわりに、鈴川清信から絵の手ほどきを受けているようで」

「そうか、そうだったのか……」

伝兵衛から聞いたところでは、忠也は相変わらず剣の腕は上がらぬが、国蔵に言わせると、顔付きが良くなったらしい。実際、伝兵衛の目から見ても、忠也の目に翳《かげ》りはなかったという。

「忠也は、剣術よりも、絵を描くことに惹かれたんだな……」

栄三郎が、清信の仕事場を見つけた時と同じように、忠也も稽古の帰り道、ふと寄り道をするうちに、あの浮世絵に出くわしたのであろう。

「まあ、遊び呆けているわけじゃあねえですが、若旦那の親父《おやじ》さんてえのは、おっかねえお人なんでしょう」

「木太刀の替わりに絵筆をとって、女の姿など描いているのは、遊び呆けていることと同じだろうな」

「いつか知れたら、大変なことになるんでしょうねえ」

「そりゃあそうだ。忠也は笠間家の世継ぎなんだからな」

「でも、とにかく三日に一度は道場に通っているんだし、何も悪いことはしちゃあいませんぜ」

「侍というのは堅苦しいものなのさ」

「侍といったって……。あっしは笠間様の御屋敷を見ましたが、板塀《いたべい》はあちこち割れて穴があいてるし、庭の草木の手入れも行き届かねえで、何やらうらぶれた様子でござんしたよ。あっしなら跡継ぎなんぞに成りたくもありませんや」

渡り中間《ちゆうげん》をしていた又平には、笠間家の窮乏《きゆうぼう》ぶりが手にとるようにわかるのだ。

「それにもかかわらず、二両の金子を息子のためにと束脩に充《あ》てるんだ。親の情ははかりしれぬものがある」

「あっしには息子のためというより、手前《てめえ》のために、二両の金を使っちまったように見えますがねえ」

「それは言い過ぎだ。親は子供の行く道を指し示してやろうとしているだけなんだ」

「その道が正しいとは決まってねえでしょう」

「どの道が正しいかなんて、御釈迦《おしやか》様でも決められめえよ」

「そりゃあそうだ……」

又平は神妙に頷いた。

その真面目《まじめ》くさった顔を、入れ込みの客に酒を運ぶお染が眺めて、

「又公、あれこれ考え込むんじゃないよ。どうせ馬鹿なんだから」

と、からかいながら通りすぎた。

「この男女《おとこおんな》、今度馬鹿と吐《ぬ》かしやがったら承知しねえぞ！」

やり返す又平の前で、小鍋の大根が良い具合に煮えてきた。

三

「父上、行って参ります……」

「待て。忠也、木太刀を振ってみよ……」

「しかし、もう行きませぬと」

「よいから、振ってみよ」

竹山国蔵の道場に向かう息子の忠也を、笠間源三郎は呼び止めた。

三日に一度と願い出た稽古であったが、自分が居らずとも、誰かしら相手をしてくれる者もあろうゆえ、道場に来ればよいとの国蔵の厚意を受け、このところは毎日のように、下谷の屋敷から小石川片町へと出かける忠也である。

まだあどけなさが残る息子の顔付きが、少ししっかりとしてきたように見える。

「だが、忠也、お前の身のこなしを見ていると、どうも心許無い……」

それゆえに、源三郎は、日々精進している忠也の成果を見たくなったのである。

「それでは……」

忠也は、仕方なく袋から木太刀を取り出し、庭先で、学んだ型の通り木太刀を振って見せた。

「えいッ！　やあッ！」

本当のところは、三日に一度しか剣術の稽古はしていないのだ。元より剣の才に劣る忠也が源三郎を満足させる型が出来るはずはない。

「う〜む、まるで型にはなっておらぬ。何を学んでいるのだ！」

たちまち厳しい叱責《しっせき》がとんだ。

「申し訳ございません……」

「もっと腰を入れ、手で振らず、体を使え！」

「はい！」

「だが、少しはやる気になったように思える」

道場ではない所に出かけていることが知れてはならぬという思いが、気合の入った掛け声となって忠也の口から出た。

それが、源三郎には息子のやる気と映ったようだ。

「八重《やえ》はお前の剣の上達をひたすら祈っていた。母を想う心があるなら、しっかりと励め。よいな」

「畏《かしこ》まりました。では、行って参ります」

忠也は逃げるように屋敷を出た。

三十俵二人扶持《ぶち》の貧乏御家人のことである。

供をする下男とていない。

源三郎の妻・八重が六年前に病に倒れ死んでからは、近くの長屋の女房が飯炊《めした》きに来る他、笠間家は源三郎、忠也、十歳になる次男の泰次郎《やすじろう》と、男三人の所帯である。

剣士としての夢を諦《あきら》め、屋敷内の空き地で、朝顔を栽培したり、金魚を飼育したりと内職をして、源三郎は糊口《ここう》を凌《しの》いできた。

何ひとつ、女の幸せを与えてやれなかった八重の墓前で、忠也の立身を告げることばかりを楽しみに……。

「兄上はまことにものになるのでしょうか」

いつの間にか次男の泰次郎が庭へ出て、生意気な口を利いた。

まだ十歳ではあるが、華奢な兄と違い、泰次郎はなかなかに利かぬ気で、同年代の子供の中でも良い体格をしている。

それだけに、兄よりも自分こそが、父をこえる剣士になるのだという思いが強い。

いつか、弟が兄を馬鹿にするようなことにならないか――幼い時から、おっとりとした気性の忠也を想い、八重は気にかけていたものだ。

「泰次郎、忠也はこの家の嫡男《ちゃくなん》だ。口を慎むがよい」

「はい……」

いくら利かぬ気でも、厳格な源三郎の一言には、しょんぼりと俯《うつむ》くだけの泰次郎であった。

――困ったものよ。

泰次郎を窘《たしな》めはしたが、その気持ちがわからぬでもない。

子供の頃から忠也は捉《とら》えどころがなく、ひ弱で、剣術にも学問にも打ちこんだことがなかった。

厳しい父親から何かというと庇《かば》ってくれた母・八重が死んだ時も、涙を一滴も流さず、淡々としていた。

——こ奴はうつけなのか。

打てど響かぬ息子に、どれだけ苛々《いらいら》としたことやしれぬ。

しかし、直心影流《じきしんかげ》十代の的伝《てきでん》を得て、〃剣技抜群その比を見ず〃と言われた、藤川弥司郎右衛門近義《ふじかわやしろうえもんちかよし》とて、若い頃は見込みがないと、二度までも道場への入門を断られたという。

今まで剣術の才がなくとも、大人になればまた変わることもあろうと、剣術指南に定評のある竹山国蔵の道場に、やっとの思いで入れたのであった。

それがここへ来て、毎日通うようになった。

まずは一歩前進である。

「どれ、泰次郎、お前の素振《すぶ》りを見てやろう」

「はい、父上！」

勇み立つ泰次郎の頭を、源三郎はぽんと叩いた——。

その日も、忠也は池之端《いけのはた》から、加賀前田《かがまえだ》家の上屋敷沿いに西へと進み、菊坂へ向かったが、途中、長泉寺の方へと進路を変え、片町の竹山道場には行かず、件《くだん》の絵師・鈴川清信の家へと急いだ。

「まったく、お前は何を考えているかわからぬ……」

父・源三郎を苛つかせ、母・八重を心配させてきた忠也であったが、これまで親を欺いたことは一度もなかった。

あれをやれと言われればそれに従い、どこどこへ行けと言われれば素直に出向いた。

しかし、何もかもが身につかなかった。

頑張ろうとする気が何故かおきないのである。

武芸は侍の本分であって、好き嫌いで語られるものではない。これを修めるからこそ、僅《わず》か三十俵二人扶持でもお上は禄《ろく》を下されるのだ。

十六歳になり、そのことはよくわかる。父・源三郎が自分の行く末を案じて、剣を強くさせたいこと、それによって自信を得させたいと思ってくれていることも。

入門した道場の師範・竹山国蔵も大人物だし、無理強《じ》いせずに温かく見守りながら育てていく教え方もありがたいと思う。

だが、自分自身、情けなくなるほど、木太刀をとっても、体内の熱が湧《わ》きあがらないのである。

それが、鈴川清信の家の前を偶然に通りがかり、そこで数々の浮世絵を見た瞬間、えも言われぬ感動が五体をかけ巡り、優柔不断な気性をどこかへ吹きとばしたのである。

気がつくと、表に背を向け、一心不乱に筆をはしらせる絵師に、

「わたしに絵を教えて下さい。どんなことでも用をこなしますから……」

と、しっかりした口調で言っていた。

それは生まれて初めての経験であった。

小倉袴《こくらばかま》をはき、手には木太刀を持った侍の子弟がいきなり絵を教えてくれと言ってきたので、鈴川清信は随分と面喰《めんく》らったが、その真剣な目差《めざ》しに触れ、

「絵が好きなんですかい」

「今、好きになりました」

「それはおもしろい。わたしは人に絵を教えるほどのもんじゃないが、一人で寂しい時もある。ここへ遊びに来ればようござんすよ。でも、ここじゃあ、侍も町

人もありませんからね」

「望むところです。忠也と呼び捨てにして下さい」

「忠也なら、忠さんだな。わたしは鈴川清信っていいます」

「鈴川清信先生……」

「先生ってのはよしにしましょう。何やら照れくさいし、わたしゃまだ三十にもならない若造だ」

「ではなんとお呼びすれば……」

「そうだねえ……。清さん……とか」

「忠さん、清さんでは友達のようです」

「さすが侍の子だ。そういうところは堅いねえ。そんなら、ちょっとだけわたしを立ててもらって、兄《あに》さんとでも……」

「兄さん……。畏まりました。では、兄さん、何とぞよしなに」

「堅いよ、堅いよ……。はッ、はッ、はッ……」

　少し言葉をかわしただけで、この兄さんとは、心の底から打ち解けた気がした。

　それから忠也はここへせっせと通い始めたが、清信は、忠也の身上を一切問わなかった。

絵が好きなら遊びに来ればいい――。

その態度を変えなかった。

清信の家には、仕事場の奥側にも一間があり、裏の小庭に続いている。

忠也は庭に降りて、絵筆や絵皿を洗ったり、清信の描いた絵を整理したり、身の回りの世話などしながら、その一間で絵を描いた。

どうせ訳有りだと思った清信の、普段は人目につかぬ所に忠也を置いておこうという配慮であった。

紙も道具も清信が使わせてくれた。仕事の合間には、横に来て教えてもくれた。

自分でも驚くほど、忠也は巧みに絵を描くことが出来るようになった。

「こいつは大したもんだ。お前さん、ほんに筋がいいねえ……」

「いえ、何ごとも兄さんのお蔭《かげ》にございます」

はにかむ様子も可愛げがあり、清信は忠也を教えるのが、近頃では楽しくて仕方がなくなってきているのだ。

いつものように仕事場に着くと、清信は誰やら客と話していた。

「ただ今、参りました……」

忠也はその言葉を呑《の》みこんで、清信と客に会釈して、裏手に回った。

道場に通う恰好の侍の子弟が、表から入ってくると、客は好奇の目を向けてくる。

こういう時、そっと裏口へ回るのが、清信との間では、暗黙の了解事となっていた。

――あれは誰なのだろう。

裏から入って、部屋の端に木太刀袋を置くと、忠也は早速、絵筆をとりながらも、表の客のことが気にかかった。

武士のようであった。

といっても、竹山道場に関わる人ではなさそうである。

小紋の小袖を着流し、大刀を落とし差しにして、上がり框《かまち》に腰をかけている様子は、随分とくだけていたし、武張っていない。

親にも、剣の師にも内緒で絵を描きに来ているだけに、一瞬でも己が姿を見られると気になるが、清信に向けられていた笑顔をこちらに向けられた時、何ともほのぼのとした心地になり、むしろ自分も傍《そば》に居て、話を聞いていたいと思ったのだ。

忠也は表から聞こえくる話し声に聞き耳をたててみた——。

「また、参道のそば屋にお行きなすったんですかい」

「ああ、あすこの〝花まき〟は堪らねえ。時折無性に食いたくなってな……」

清信の問いに、穏やかな声で応えた武士は、秋月栄三郎である。

又平から、笠間忠也が入り浸っているのは、浮世絵師・鈴川清信の家であることを報《しら》されて、早速やって来たのである。

以前、長泉寺参道にある名代《なだい》のそば屋を捜すうち、この仕事場の前を通りかかった栄三郎のことを、清信は覚えていた。

「ほう、こいつはいい女がいっぺえいるなあ……」

描き並べてあった美人画を見て、思わず溜息をついた栄三郎を見て、

——ぶったところのねえ旦那だ。

と、清信は好感をもっていたのだ。

その時は、竹山道場を訪ねての帰りであることを告げなかったのが幸いした。

久しぶりにそば屋へ行ったが、ふと、この家のことを思い出して立ち寄ったのだと栄三郎は言った。

「覚えていて下さって嬉しゅうございますよ」

「なに、お前さんより、ここに来りゃあ、また、いい女に会えると思ってよ」

「ははは、旦那には敵《かな》いませんや」

すっかりと、清信は二度目に会ったとは思えない親しみを栄三郎に覚えている。

「さっきのお若《わけ》えのは、お前さんのお弟子かえ」

「弟子なんてとんでもない……」

清信は口ごもった。

「何てえますか、旦那みてえに、絵が好きで、通りがかっちゃあ、観て行ってくれますのさ」

「そうかい、そいつはいいや。あれくれえの歳頃に、好きなものを見つけられるってことは幸せなことだ」

「へい、わたしもそう思います」

「通り過ぎちまったようだが、おれは邪魔だったかい」

「いいえ、女の絵を眺めている姿を、お武家さまには見られたくなかったのでしょう」

「恥ずかしがることはねえさ。武士といってもおれなどはろくなもんじゃあねえし、こんなきれいな絵を見て、心が動かねえような朴念仁《ぼくねんじん》より余程いいや」

向こうの一間に居て、話を聞いている忠也の顔が綻んだ。

同じ武士でも、そんな風に思ってくれる人だっているのである。

「今度会ったら、一緒に絵を眺めようと言っといてくんな」

「へい、承知致しました」

「その時は、お前さんの絵を買わしてもらうよ」

「そいつはありがとうございます。旦那が好みそうな女の絵を描いておきますよ」

「女の絵を描く時は、誰かいい女を横に置いて眺めるのかい」

「そういう時もありますが、頭の中に思い浮かべて描く方が、出来はいいみてえですねえ」

「なるほど、いい女ってえのは、なかなかこの世にはいねえからな。頭の中で思い浮かべている方がいいってもんだ」

「そういうことで……」

「そんならまた来るよ。おれが好みそうな女を、よろしくな」

栄三郎は、清信の家を出た。

「今の御方はどちらの人ですか……」

途端、向こうの一間から、忠也が顔を覗《のぞ》かせた。

「何だい、聞き耳を立てていたのかい」

「あんまり、兄さんが楽しそうにお話をしていたものですから」

時折、竹山道場に顔を出す栄三郎であったが、近頃の無沙汰で、忠也とは一度も顔を合わせたことがなかった。

それが幸いと、栄三郎はこうして訪ねてきたのだが、もしも道場で会っていたら、一人大人の中で浮いている忠也に、声をかけていたであろうし、どうも剣術に気がいかない忠也の悩みも聞いてやれていたかもしれなかった。

「今日で会うのは二度目だが、ほんに楽しいお人だ。わたしは好きだねえ……」

清信は、細面《ほそおもて》でお公家《くげ》のような色白の顔にほんのりと朱を浮かべた。

「どのようなお人なのでございましょうね」

「さあ、あのようにさばけているところを見ると、宮仕えはなさっちゃいないだろうね」

「ではご浪人で……」

「ちょっとばかし、余裕のあるご浪人ってところだろうな」

「兄さんは、人が何をしているか、どういう人かを訊《たず》ねたりはしませんね」

「どういう人かを問えば、手前がどういう人かを答えねばならない。そいつがどうも面倒なのさ」

「それは、そうですね……」

「どれ、何を描いたか観てあげよう」

清信は、奥の一間に入って、忠也が描いた金魚の絵を観た。

「こいつはいいや。まるで水の中を泳いでいるようだ」

「本当ですか」

「ああ、これで忠さんがどういう人か、訊ねなくとも少しだけわかったよ」

「屋敷で金魚を飼って、暮らしの足しにしている貧乏御家人の倅ですよ」

「だからこそ、お父上はお前さんに強くなってもらいたいんだろうね」

「そういうわたしが絵を描いていちゃあいけませんか」

ここへ通うようになって二月《ふたつき》になろうとしていた。その間、忠也の喋《しゃべ》り口調も少しくだけて大人びてきた。

「わたしゃあかまわないと思うね。生まれて初めて、何かに打ち込むことができたんだ。ちょいと極めてみればいいじゃないか」

「はい……」

忠也は満面に笑みを浮かべて、金魚の絵を見た。

「この次は何を描いてみるつもりだい」

「女の絵を描いてみとうございます」

「はッ、はッ、そいつは生意気だねえ」

「頭の中に思い浮かべて描いてみたいと……」

「はッ、はッ、ますます生意気だ。どんな女に会えるか楽しみにしているよ」

照れてはにかむ忠也の肩を、清信は楽しそうに叩いた。

その若き俄《にわか》師弟の様子を、裏の生垣の蔭から、そっと栄三郎が眺めていた
――。

四

さらに数日が過ぎた。

その間、秋月栄三郎は、先日の約定《やくじょう》通り、道場を訪ねて来た師・岸裏伝兵衛

を、芝口《しばぐち》一丁目にある〝やまくじら屋〟に誘い、笠間忠也の一件について報告した。

〝やまくじら（山鯨）〟は猪《いのしし》の肉のことで、これを味噌《みそ》仕立で、葱《ねぎ》と一緒に煮る牡丹《ぼたん》鍋は、伝兵衛の好物であった。

又平も同席し、ゆったりと語り合った後、今後のことについて意見を同じくさせた師弟はそこで別れ、この日栄三郎は、再び鈴川清信の家へ向かった。

正月三が日を過ぎた後も、十日《とお》夷《かえびす》だの、上元《じょうげん》だの藪入《やぶい》りだのと、どこか浮かれていた江戸の町も、すっかりと落ち着きを取り戻していた。

――これが何よりだ。

栄三郎は本郷六丁目から菊坂へと出た。迷うことなく清信の家の前へと着いた時は昼も過ぎていた。

「旦那、早速おこし下さいましたか……」

栄三郎の姿を見かけるや、清信はいかにも嬉しそうな声をあげたが、

「それが、まだ旦那好みの女の絵が描けておりませんで……」

と、すぐに申し訳なさそうに頭を下げた。

「いやいや、いいってことよ。そんなにすぐに描いてもらおうなんて思ってねえ

やな。今日はな、近くに住んでいる知り人を訪ねた帰りでな」

「また、立ち寄って下さったんですかい。それはありがとうございます。ささ、お掛けになっておくんなさいまし。すぐに茶でもお淹《い》れ致しましょう」

「おう、そいつはすまねえな。ちょいと邪魔をさせてもらおうか」

気持ちのいいやり取りがあって、栄三郎は上がり框に腰を下ろした。

清信は、傍に置いた火鉢にかけてあった鉄瓶の湯を急須に注ぎ、栄三郎に茶を供した。

「こうやって、絵を描いて食っていくのも大変なんだろうな……」

茶で体を温めながら栄三郎は、清信に訊ねた。

「まあ、わたしのような下手は、屛風《びょうぶ》に掛け物、絵馬に扇絵、何でもこなさないと、やってはいけません」

「そうなのかい。だが、毎日毎日机に向かって描いていては気がめいるだろう」

「ヘッ、ヘッ、そんなことはありませんよ。絵を描くのが好きで好きで、入った道でございますからねえ」

「こいつは下らねえことを訊ねちまった。そうかい、苦にならねえかい。好きで始めたことでも、生業《なりわい》となりゃあ辛《つら》いことが多いだろうに。お前さんはいい職にありつけたもんだなあ」

「へい、お蔭さまで……」

のんびりと話すうちにも、栄三郎は向こうの部屋で誰かが動く気配を覚えた。

果たしてそこには、〝頭の中に思い浮かべた女〟を絵にする、笠間忠也がいた。

――先だってのあの人が来ている。

今度会ったら一緒に絵を眺めよう――。

自分にそう伝えておいてくれと言って、去って行った浪人ではないか。

清信が、

「わたしは好きだねえ」

と、つくづく言った栄三郎と、忠也は言葉を交わしてみたくて仕方なくなってきている。

そこへ――。

「時にこの前の若武者はどうしてる。今度会ったら一緒に絵を眺めたいと、おれの言葉を伝えてくれたかい」

「へい、そりゃあもう……」

栄三郎が忠也のことを覚えていてくれたことが嬉しくて、思わず声が弾《はず》んだが、忠也にここへ出て来いと言うのも憚《はばか》られ、言葉を濁す清信の様子が伝わってきた。

　忠也は吸い寄せられるように、栄三郎と清信が話している表の一間へと出て、

「いつぞやは御無礼致しました……」

　爽《さわ》やかな表情で栄三郎に頭を下げた。

「何だ。やっぱり来ていたのかい」

　俄に現れた忠也に、栄三郎は、親しみを込めた目を向けた。

「申し訳ありません、隠すつもりはなかったんですが……」

　横で清信が、少し決まり悪そうな顔をした。

「お前さんの気持ちはよくわかるよ。侍の子が浮世絵師の家に遊びに来ているとは、あまり人に告げたかねえやな」

「清信先生は、わたしがこっそりとここに来ていることをお察しになられて、あまり人目に触れぬようにと、お気遣い下さったのですね。でもわたしは、この御方と一度お話がしてみたくて……」

　忠也は、人前のこととて〝先生〟と呼んで、清信の心遣いに謝した。

「おれと話をしてみたかったとは嬉しいねえ。そういや、まだ名乗ってなかった

な。おれは京橋水谷町で、手習いの師匠をしている、秋月栄三郎ってもんだ」

「わたしは、笠間忠也と申します」

「わたしとは、兄さん、忠さんという具合にやっております」

横合から清信が言った。

「そいつは楽しそうだな。おれのことは栄三《えいざ》と呼んで、仲間に入れてくんな」

「仲間だなんて、畏れ多いことですが、旦那が手習い師匠とは驚きました。なあ忠さん」

「はい。さぞや手習い子達は、楽しくて、のびのびと学んでいるのでしょうね」

「ここでの忠さんみてえにかい」

「そう見えますか」

「ああ、随分と楽しそうだ。お前さん、清信先生に絵を教えてもらっているんだろう」

「それは……」

「隠さなくてもいいよ。今は何を描いているんだい」

「女の絵です……」

「女の絵か……」

「やはり生意気ですか」

「いや、お前さんならきっと誰も見たことがねえいい女を頭に思い浮かべるんだろうな。その絵を観てみてえもんだ」

「とんでもない……。観て頂くほどのものでは……。それにまだ、描きあがってはおりませんので……」

「いや、おれはそれが観たいのさ。頼むよ」

「忠さん、人の目に触れてこそ、絵は上達するもんだよ。旦那に観ておもらい」

清信にも言われて、忠也は大きく頷くと、奥の間から一枚の絵を手に持ってきて、

「これでございます……」

と、恭《うやうや》しく見せた。

「うむ……。こいつはいいや」

栄三郎は一目見て唸《うな》った。

そこには、まだ色付けはされていないものの、何とも品があり、優しそうな一人の女の顔が描かれてあった。

「忠さんは、清信先生に絵を習ってどれほどになるんだい」

「それがまだほんの二月足《ふたつき》らずなんですよ」

はにかむ忠也に代わって清信が答えた。

「ほう、それでこれだけ描けりゃあ、大したもんだ。忠さんには天賦《てんぷ》の才っても
のがあるんだなあ」

「お買い被《かぶ》りでございます……」

忠也は体を小さくした。

「その絵も何度か描き直したもので、まだ姿も何も描けてはおりません」

「清信先生はどう思う」

「わたしの目から見ましても、この人には絵を描く才があると思われます」

「だろうよ。忠さん、お前さんには絵の才がある。だが大事なのは、お前さんの
やる気だ」

「わたしは、この先も絵を描いて参りたいと思っています」

忠也は、しっかりと頷いてみせた。

「そうかい。まあ、御旗本、御家人から立派な浮世絵師になったお人も、珍しく
はない世の中だ。忠さんがそう思うなら、この先いい絵を描いておれの目を楽し
ませてもらいたい。だがな、絵の道に進みたいなら、それなりに覚悟を決めるん

だな」

　栄三郎は、目に力を込めて、忠也を見つめた。

「覚悟を、決める……」

　鋭い目を向けられて、忠也は少しおどおどとして栄三郎を見た。

「親の目をかすめて、絵を描いていたって、虚《むな》しいだけだぜ」

「そ、それは……」

「剣術道場へ稽古に行ってくる……。そう言って、お前さんはここに来ているんだな」

「は、はい……」

　忠也はますます身を小さくした。どういうわけだか、この栄三郎には嘘をつけない。

「男が生涯かけてやりてえことに出会ったら、たとえ親父にぶん殴られようが、家を叩き出されようが、しっかりとけじめをつけて当たらにゃあならねえ。そうは思わねえかい。そりゃあ親父はおっかねえもんだ。逆らって悲しませたくねえという、子の想いもある。だがな、それを乗り越えられねえで、本気で絵が好きだと言えるかい。死ぬ気で絵を描いている者が聞いたら何と思う。清信先生、どうだろうねえ」

ただ黙って、神妙な面持《おもも》ちで栄三郎の言葉を聞いている忠也の横で、清信は大きく息をついた。

「仰《おつしや》る通りでございます。忠さんの気持ちがわかるだけに、旦那の今のお言葉を告げぬままにきてしまったわたしが、迂闊《うかつ》でございました」

「お前さんも、絵師になるまでには色々なことがあったのだろうよ」

栄三郎は清信に新たな言葉を投げかけた。

鈴川清信は、元の名を清太郎《せいたろう》と言って、下谷稲荷《いなり》町の仏具屋の長男として生まれた。

父親は物堅い人で、商家を継ぐ者の嗜《たしな》みとして、倅に書画を学ばせたのだが、清太郎はすっかりと画《え》に魅せられ、浮世絵師の道を選び、家からは勘当の憂き目をみた。

栄三郎は、又平からこの辺りの事情を報されていたのだ。

「ふふふ……。御多分にもれず、親父さまには、顔も合わされぬ身でございます」

「やはりそうかい。だが親に背《そむ》いてまで、己が進みたい道を貫いたのは立派だ。

そのうちお前さんの絵の評判を聞けば、親父殿も心の底で許してくれるさ」

「そうですかねえ」

「そういうおれも、実は大坂の野鍛冶《のかじ》の倅でな。町道場を覗くうち剣術遣いに憧《あこが》れて、親の嘆《なげ》きをよそに江戸へ出てきたが、今じゃあ倅は武士として江戸で立派にやっていると、息子自慢などして随分法螺《ほら》を吹いているそうな」

「そいつは何よりですねえ」

頰笑《ほほえ》み合う、栄三郎と清信を見る忠也の顔に、いつしか決意の色が浮かんできた。

「忠さん、親父殿に何もかも、心のたけをぶちまけてみな。それに、今のままじゃあ、竹山先生をないがしろにすることにもなる」

「あ……」

思いもかけず栄三郎の口から、剣の師・竹山国蔵の名が出て、忠也は激しく動揺した。

清信は、狐《きつね》につままれたように栄三郎を見ている。

「一日でも入門を認めれば己が弟子。先生はお前さんのことを、案じていなさるよ。おれはあの先生のことが大好きでねえ。それだけにどうも、お前さんのことがほっとけねえのさ」

栄三郎は、忠也ににっこりと頷いた。

忠也は感じ入って、目に薄《うっす》らと涙を浮かべて手をついた。

「お言葉のひとつひとつ、この胸に沁《し》みましてございます。わたしは、命をかけて、この絵を仕上げるつもりにござりますれば、まず、けじめをつけて参ります」

「そうかい。それが何よりだ。忘れずにいておくれ。僅《わず》かな縁だが、おれはどこまでもお前さんに肩入れをするよ」

「もちろん、わたしもだ。とにかく、いい顔をして、ここへまた戻っておくれ」

栄三郎に続いて、清信がしっかりと忠也に頷いた。

「それではひとまず、御免下さりませ！」

「笠間忠也殿、心をしっかりと、お持ちなされよ」

畏まる忠也を、栄三郎は威儀を正して見送った。

思い入れたっぷりに立ち去る忠也の足取りは、見違えるほど大人びて見えた。

「すまなかったな。お前さんと忠さんがよろしくやっているところに、邪魔をしちまった……」

「いえ、わたしも、気にかけていたことでございましたから、ありがたいと思っております。忠さんには大手を振って来てもらいたいものです」

「まったくだ。それにしても……。おれも、お前さんも、あの忠さんも、何とも親不孝者ばかりだなあ……」

「そう言われると、面目《めんぼく》次第もありません……」

頭を掻《か》く清信を見て、栄三郎は大いに笑った。

師・岸裏伝兵衛と牡丹鍋を囲みながら語った、笠間忠也の今後の始末——親の目を盗みつつ浮世絵に夢中になる十六歳の若者を、ただ叱りつけて剣術に励ませることよりも、彼が本当に進みたい道があるなら何とかしてやりたい。

竹山国蔵と、その意を受けた岸裏伝兵衛の、若者に対する想いの何と温かいことか。そして、一芸をもって生きることへの妥協を許さぬ厳しき姿勢に、栄三郎は、果たして自分は、父・正兵衛《しょうべえ》の意志に反して江戸へ出て、生きる道を全《まっと》うしてきたのであろうかと、身の引き締まる思いであった。

栄三郎は、命をかけて仕上げるつもりだと力強く言った、忠也が描いた女の絵をもう一度眺めた。

初春の冷たい風に画紙が揺れて、優しさを湛《たた》えた美しいその顔を、哀《かな》しいくらい儚《はかな》くしていた。

五

「おのれ！　ようもぬけぬけと吐《ぬ》かしよったな……」

笠間源三郎の大喝が響き渡ったかと思うと、けたたましい物音と共に、その息《そく》・忠也が座敷から庭へ投げ出され、華奢な体をしたたかに地面に打ちつけた。

その衝撃に、庭の生簀《いけす》で飼われている金魚たちが驚いて水面をはねた。

あれから――。

覚悟を決めた忠也は、下谷廣徳寺前の屋敷へ戻り、父・源三郎に思いのたけを打ち明けた。

今まで親の期待に応えようと剣術に励んだが、何故か体の奥底から力が湧かず、馴染《なじ》むことが出来なかったということ。

それが、たまたま通りがかった絵師の家で浮世絵を見た時に、すっかりとその世界に魅せられてしまった。頼み込んで絵を描いてみると、自分でも驚くほど絵筆が巧みに動き、ますます絵が好きになってしまったということ――。

そしてこの先は、何としても描画に精進をして生きていきたいと願い、道場へ行って来ると偽《いつわ》って、その実絵を描いていたことを正直に告げ、手をついて詫びたのである。

だが、志《こころざし》半ばにして、剣術の第一線から退《しりぞ》かざるをえなかった無念を、息子に托してきた源三郎にとって、息子の告白は、父である自分に対して、忠也を案じて亡くなった妻・八重に対して、笠間家先祖代々に対しての裏切り行為に他ならない。

これを冷静に聞いてやれる心の余裕など毛頭なかった。

話を聞くや否《いな》や、怒りに総身を震わせて、忠也の襟首《えりくび》を摑《つか》み、一間から庭へ放り投げたのであった。

夕餉《ゆうげ》の後に突如起こった我が家の騒動に、忠也の弟・泰次郎は呆然《ぼうぜん》としたが、さすがに武士の子である。気丈に成り行きを見守り、

「兄上、それはいけませぬ。兄上が悪うございます」

などと口を挟んだが、

「お前は黙っていろ！」

と、たちまち源三郎に叱責されて、廊下の隅で固まっている。

「親の目をかすめ、竹山先生の言を騙《かた》り、浮世絵などに現《うつつ》を抜かすとは、言語道断！　おのれ、恥を知れ……」

しかし、縁に立ち、恐ろしい形相《ぎょうそう》で睨《にら》みつける源三郎に対し、忠也は体の痛みも何のその、怖《お》じることなく、しっかりと庭の土に両手を突いた。

「この上は、何の申し開きも致しませぬ。お気の済むようにして頂きとうござりまする」

「おのれ、わやくを申した上に、開き直るか……」

源三郎は、絶望と怒りに気が遠くなりそうであったが、一方では忠也の異変に戸惑っていた。

あのひ弱で、捉えどころのなかった〝小童《こわっぱ》〟が、庭に投げ出されたとて、怯《ひる》むことなく、両目に光を宿らせて、一歩も引かぬという気構えを見せている。

しかも、武士の本分である剣術を疎《おろそ》かにして、浮世絵などに呆けている軟弱者に成り下がった今の方が、以前よりもはるかに逞《たくま》しくなっているとは……。

よほど芸術の〝毒〟に冒《おか》され、誤った意志が生まれたとしか、源三郎には思われなかった。

「ちょっとやそっと、絵がうまく描けたをおだてられ、いい気になりよって……」

　ここは落ち着いて理を説かんと、源三郎は静かに言った。

「よいか、浮世絵師などに成り下がり、あるかなきかの才に身を委《ゆだ》ね、お前がこの先生きていけるはずがない。剣術が身につけば、迷いとてなくなろう。下らぬ考えは捨てることじゃ」

「わたしは、決して迷っているわけではありません。絵師になるならぬという前に、この手で描いてみたいものがあるのです」

「描きたいものだと……」

「心に思い浮かぶ、女の絵姿にござります」

「たわけ者が！」

　源三郎は我慢がならず、庭に駆け下り、忠也の横面《よこつら》を打《ぶ》った。

「お前に立派な男になってもらいたいと、日々祈っていた母の想いを忘れたか」

「忘れてはおりません！」

　打たれてなお、忠也は源三郎に向き直った。

「武士が絵に精進すれば、男がすたるのでしょうか。やっとのことに、心の底から打ちこめるものに、わたしは出会ったのです。これを極めたいと思う心の何がいけませぬ」

「よまい言をほざくな！」

源三郎は、さらに忠也を平手で打ち据えた。

忠也は口の中を切り、血を吐き出しながら、なおも縋《すが》った。

「お願いでございます。竹山先生の道場へは、今まで通りに通います。どうか、わたしが絵を学ぶことをお許し下さりませ」

「ええい、ならぬわ！　このままお前が絵を描けば、剣術の稽古が疎かになるのは知れたこと。きっぱりと思い切れ」

「父上……」

「お前はまだ若い。今から剣術を諦めて何とする。まず剣を修めた後、書画を嗜む……。それがお前の進むべき道順ではないのか。今のお前に女の絵など描いている暇は無いわ！」

「父上、父上……」

「ええい、頭を冷やせと申すに！」

源三郎は縋る忠也を引きずり回し、遂《つい》には庭の桜の木に縄で縛りつけた。

「そこで一晩ようく考えろ。その上で、明日、その浮世絵師の許へ案内せい」

「清信先生には、何の落度もございりませぬ！」

「清信と言うのか、その絵師は」

「あ……」

思わず口を噤《つぐ》んだ忠也を見て、源三郎はふっと笑った。

何とも言えぬ、苦い笑いであった。

「心配するな。我が子のたわけを、他人のせいにするような真似《まね》はせぬ。あれこれ手間をかけたと詫び、今後の断りをいれるだけのことだ」

そう言い置くと、源三郎は泰次郎に、早く寝るように申し付け、自らも自室へ入ってしまった。

謹厳実直《きんげんじつちょく》で、微禄の身上といえども、武士として、何を恥じることなく生きてきたつもりである笠間源三郎も、我が子のこととなると、いつになく取り乱してしまって、しばらくは誰とも顔を合わせたくない思いであった。

とりたてて、二親《ふたおや》に聞き分けのないことを言う子供ではなかったが、男らしくない言い訳などしようものなら、容赦なく忠也の横面をはたいてきた。

それが、十五になり元服を済ませた後は、もう今までのように手を出したりはするまい。

手を上げねばならぬようなことがあるなら、己が子育てが間違っていたということになる。

そう心に決めたというのに、今年十六になった長男に、早くもこのような折檻《せっかん》を加えねばならぬとは――。

情け無くて、顔色の無い己が様子が、ありありとわかるのである。

――だが、若気の至りを繰《く》り返し、男はものになるとも言う。

若い頃から遊び呆けたこともなく、ひたすら剣に励んだ源三郎には、忠也の行動が理解できぬが、そういう自分とて未だ御役にもつけていないのだ。

忠也のような男の方が、却《かえ》って世に出る機会に恵まれるかもしれないではないか。

親というもの、どこまでも我が子は出来がいいと思いたい。

硬骨の士・笠間源三郎とて人の親であった。

その心中は、隙間風《すきまかぜ》に揺れる行灯《あんどん》の灯のごとく、落ち着かなかった。

庭の桜の木に縄で括《くく》りつけられている忠也の心もまた揺れていた。

頭を冷やせと言われても、いくら寒空の下に置かれたとて、忠也の浮世絵への熱が冷めるはずがない。

命をかけて仕上げるといった女の絵を、何としても仕上げねばならないのだ。身を縛める縄《いまし》は、さほどきつくはなかった。

子供の時も何度かこの桜の木には括りつけられたが、いつも縄には少しのゆとりがあり、怒ってはいても、子の体を気遣う父の愛情を肌で覚えたものだ。

この結末は大方予想していたが、いざともなれば、逐電《ちくでん》してでも清信の家に戻るつもりの忠也であった。

不覚にも清信の名を口にしてしまったが、何処《どこ》の清信かとは言っていない。源三郎に知られる前に何とかせねばならない。

そのうちに夜も更けてきた。

今宵《こよい》の寒さは大したこともないと見極めたか、やがて源三郎の居室の小窓に灯《とも》っていた明かりも消えた。

夜の闇が一層深くなる。

絵を描きたいという一念を通してみせると意気込んだものの、やはり父親の意志に捻《ひね》り潰《つぶ》されてしまうのであろうか。

ふっと見上げると、夜空の向こうに、亡母・八重の顔が浮かんだ。

母が生きていれば、父の意志に反する自分を窘めたであろうか。それとも、息子の意志を通してやろうと、父に取りなしてくれたであろうか。

忠也は亡き母の面影《おもかげ》に問うた。

八重が死んだ時、涙を流さなかった忠也を、源三郎は親子の情に乏しい奴だと、内心寂しい思いをした。

しかし、忠也は亡母を深く愛していた。八重のことを忘れた日はなかった。涙を流さなかったのには、まだ十歳であった忠也なりの想いがあった。

源三郎の亡妻への想い、忠也の亡母への想い、二つの想いが入り乱れて父子の関係に微妙な隙間風を吹かせていることを、源三郎、忠也ともに気付かずにいた。

「何としてでも、この縄を抜けてやる……」

桜の木の根元に腰を下ろした状態で括りつけられてはいるが、手心を加えられた縄は緩く、痩身《そうしん》の忠也のこと――少しずつ体を動かせばすり抜けられるかもしれない。

忠也はひたすらに縄と格闘した。

その様子を、庭の植込みの蔭からそっと見て、気を揉んでいる男がいた。

又平である。

忠也の身を案じた秋月栄三郎が、そっと様子を窺うようにと遣わしたのである。

――ここはおれの一存で、勝手なことをさせてもらおう。

又平は、忠也の背後からそっと桜の木に歩みを進めた――。

六

小窓から、夜明けの光が差し込んできた。

いつの間にか居眠りをしていたようだ。

自室で瞑目《めいもく》し、あれこれ物思いにふけるうち、不覚をとった源三郎であった。

――忠也の目も覚めたであろう。

そろそろ許してやるかと、庭へ出てみると、忠也の姿は桜の木の根元にはなかった。

そこには、ほどかれた縄が残るばかりである。

「これは……」

庭の地面に、〝しばしおいとま〟と書かれてある。

「おのれ、小癪《こしやく》な奴めが……」

縄をとき、逐電してまで己が意志を通そうという、忠也の思わぬ行動に衝撃を受けながらも、源三郎とて武家の当主の意地がある。

「必ずや、この手で連れ戻してやる」

どうせ、絵の手ほどきを受けているという絵師の所に居るに違いない。

絵師の名は清信と言うそうな。

竹山国蔵の道場に通う途中に出くわしたようであるから、小石川片町までの道筋を捜せば見つかろう――。

源三郎は野袴を身に着けると、菅笠《すげがさ》を手に屋敷をとび出した。

それから先は、道場への道筋にある自身番を、方々訪ね歩いた。

「ちと、ものを訊ねるが、清信という浮世絵師を知らぬか……」

いかにも武骨で、血走った目をした源三郎に問われると、自身番に詰めている家主や番人は一様に姿勢を正し、しどろもどろに答えたが、不忍池《しのばずのいけ》端の茅《かや》町で、清信の名を知る者がいて、近くの絵草子屋に出入りしていることがわかった。

その絵草子屋の主が言うには、読み本の表紙絵を頼んだり、肉筆画を売ってやったりしている鈴川清信という浮世絵師がいて、長泉寺の参道近くに仕事場を構えているという。

その辺なら、竹山道場がある小石川片町にほど近い。

「清信さんが何か……」

不審な目を向ける店の主《あるじ》に、

「何、ちと頼みたいことがあってな。いや、忝《かたじけな》い……」

源三郎は折目正しく礼を言って主人を安心させると、直《ただ》ちにそれへと向かった。

「おのれ、手数をかけさせよって……」

走るように道行く源三郎は何度も呟《つぶや》いた。

しかしその怒りとは裏腹に、久し振りに覚える四肢《しし》の緊張によって、源三郎は不思議な感覚にとらわれていた。

一日中、休みなしに剣術稽古に打ち込んだとて、びくともしなかった己が体軀《たいく》が、四十を過ぎた今、息が切れる。

歳をとったと言うべきか、まだ四十を過ぎたばかりというのに、何という体《てい》たらくかと嘆くべきか……。

源三郎の体は、まだまだかつてのように働きたいという思いを主に訴え、いかに鈍《なま》ったものとなっているか、警告を与えているように思える。

体が鈍るのも無理はない。

貧乏所帯をやり繰りするために、屋敷内のことは使用人を雇わず、飯炊きの他はどれも自分でこなし、子供に稽古事をさせてやろうと思い、朝顔を栽培し、金魚を育て、内職に励んできたのだ。

かつてのように、剣術道場に通い、一剣士として己を鍛《きた》える間などない。

――それもこれも忠也の出世を願ってのことではないか。

忠也を浮世絵師ごときに奪い取られてなるものか――源三郎は、息を切らせながらも、鈍りきった体に鞭《むち》を打った。

日の出から屋敷を出て、源三郎がついに、鈴川清信の家を見つけだしたのは、その日の昼過ぎのことであった。

外はすっかり汗ばむ陽気となっていた。

源三郎は汗を拭《ぬぐ》い、息を調《ととの》えてから、仕合いに臨む心地で、ゆっくりと表長屋の一軒に歩み寄った。

その家の戸は開け放たれていて、土間の向こうの一間の壁には、浮世絵が数枚、挟み竹によって、吊《つ》るされてあるのが見える。

その下には、一人の初老の武士の姿があった。

初老の武士は表に背を向けて、悠然として壁の絵を眺めていたが、源三郎の気配を覚え、振り向いた。

「おお、来たか……」

にこやかに語りかける、その武士の顔を見て、源三郎は息を呑んだ。

「竹山先生……」

初老の武士は、源三郎が無理からに、倅・忠也の剣術指南を頼みこんだ、竹山国蔵であった。

「先生……、忠也がこれに……」

勢いよく乗り込んだつもりが、源三郎、国蔵との邂逅《かいこう》にたじたじとなった。

「忠也は奥の一間で、絵を描いておる」

相変わらず、国蔵は何事もないように頬笑んでいる。

「申し訳ございませぬ！」

「これ、何も謝ることはない」

その場に手をつかんばかりの源三郎を国蔵は制して、

「まず、ここへ座るがよい」

と、上がり框に掛けさせた。

「おれへの気遣いなどいらぬよ。忠也は正直に打ち明けてくれた。三日に一度、剣を習い、あとの二日は絵を学ぶ。おぬしの倅は悪いことをしているわけではない」

「庇って下さるお心は嬉しゅうござるが、き奴《やつ》めは、親の言いつけに背《そむ》き、師をないがしろに致した不届き者。これを許すわけには参りませぬ」

と、再び立ち上がろうとする源三郎を――。

「まず座れと申すに」

国蔵、今度は厳しく制した。

「おぬしは倅の先行きを、この竹山国蔵に托したのだな」

「はい、それは……」

「ならばよく聞くがよい」

「ははッ……」

源三郎は、威儀を正した。

「忠也は親に背いたかもしれぬが、天に背いておらぬ」

「どういうことでしょう」

「人には天から与えられた〝分《ぶん》〟というものがある。これは、人なら誰もが持ち合わせているものじゃ。ところが、人というものは、天から与えられた己が使命を、見つけたがらぬ。何故かわかるか」

「見つけようにも、なかなか見つからぬからではございませぬか」

「その通りじゃ。己が天分を見つけ出すことは、まことにむつかしい」

「それゆえ、親が、師が、子弟が生きる道筋を見つけてやらねばならぬかと存じまする」

「それもまたよかろう。だがな、それは言い換えれば、人を楽な方へと導き、腑《ふ》抜《ぬ》けにすることでもある」

「腑抜けに……」

「親や師の言いつけを守る方が、己が天分を見つけ出し、茨《いばら》の道を生きるより、はるかに楽であることを、人は生まれながらに知っているからじゃよ」

「それは……、確かに……」

国蔵の言葉のひとつひとつが、ずしりと源三郎の胸の内に響いた。

「忠也は、天に背いてはおりませぬか……」

「うむ、おぬしの倅は、己が天分を、自らの手で見つけ出したのだ。これはな、生きることの意味を問い、日々足掻《あが》いている者にしか出来ぬことじゃ。忠也は、剣術の稽古から逃げたのではない。それはあ奴の目の輝きを見ればわかることだ。笠間源三郎殿、そろそろ、忠也の絵が仕上がる頃だ。屋敷を抜け出し、おぬしのような恐ろしい父親に逆らってまで描きあげようとした絵を、おぬしとおれとで、観てやろうではないか。どうじゃな」

ここまで国蔵に理を説かれては是非もない。

「竹山先生の仰せの通りに……」

源三郎は、静かに頭を下げた。

打ちのめされた想いであった。

考えてみれば、忠也を導いてやろうとしている自分自身が、己が天分を何も全うしていないではないか。

己が天分を剣と見出し、稽古に励んだのは何のためであったか――徳川《とくがわ》将軍家に仕える身として、一朝《いっちょう》事ある時は、誰よりも剣をもって働きを成さんと心に誓ったからではなかったか。

それが、まだ隠居もせぬ身で、無役の身を嘆き、子に望みを托すばかりで、己が剣術稽古を怠《おこた》り、ここへの道中に息を切らせた――。

――腑抜けはおれだ。己が本分を忘れて、何を倅に偉そうなことを言えようか。

源三郎は、剣客として尊敬する、竹山国蔵に諭《さと》されて、親の情にただただ流されて、すっかり自分を見失っていたことに気付き、これを恥じたのである。己が短慮を素直に認め、改めるのもまた、男ではないか――。

「よし、ならば観よう……」

国蔵は源三郎の様子を見てとると、満足げに頷いて、続きの一間の襖戸《ふすまど》を開けた。

そこには、今しも件《くだん》の女の絵を仕上げた忠也が居た。

忠也は、深々と二人に頭を下げた。

同じく、横で見守っていた鈴川清信も、すでに国蔵と対面し挨拶《あいさつ》は済んでいるようで、源三郎に、

「鈴川清信にございます」

と、頭を下げた。

「笠間源三郎でござる。倅が造作《ぞうさ》をかけ申した」

源三郎は清信へ礼を言うと、忠也を見た。

「忠也、〝しばしおいとま〟とは言葉足らずな。行き先を書いておけ……」

国蔵に宥《なだ》められ己が短慮を恥じたとはいえ、何か叱らねば気が済まぬ源三郎は、仏頂面《ぶっちょうづら》で声をかけた。

「申し訳ありません」

忠也は素直に詫びた。隣室での国蔵とのやり取りを聞いていたのであろう。その挙措《きょそ》は落ち着いていた。

「お前が描いた絵をとくと見てやろう。その出来次第では、この先、絵を描くことを大目に見てやってもよい」

「真《まこと》にございますか……」

忠也の目が輝いた。

「まず見せてみよと申すに」

「はい……」

忠也は勇んで、部屋の隅に置かれた画紙をかざした。

このままでは父に乗りこまれ、破り捨てられるであろう、件の女の絵を、何としても仕上げねばならない。

せめて仕上げた絵を父に見せ、もう一度、絵を描くことの許しを願おう――。

そう思い、必死で縄をとこうと、もがき苦しんだ忠也であった。

それを又平に助けてもらい、秋月栄三郎のはからいで、竹山国蔵に許しを請《こ》い、清信に見守られながら不眠不休で仕上げたその絵を、忠也は今、万感の想いで源三郎に見せたのであった。

「うむ。見事じゃ」

見るや、国蔵が唸った。

その横で、源三郎は、じっと目を見開いたまま、しばし身動《みじろ》ぎもしなかった。

そこには、抜けるように色の白い、姿形に限りなき優しさを湛えた、気品ある一人の女が描かれてあった。

面長の顔に、鼻筋はすっと通っていて、きゅっと引き締まった口許に笑みがこぼれている。着ている物、髪の結い方を見るに、美しい武家の女房である。

「八重か……」

源三郎の目に、みるみる涙が浮かんだ。

「はい!」

忠也は晴れ晴れとした顔で頷いた。

忠也が、〝頭の中に思い浮かべて〟描いた女は、亡母・八重の面影であった。まだ別れた時は十歳であった忠也が、今まで心の中に刻みつけてきたその面影が、父・源三郎にたちまち伝わった――これほど嬉しいことはない。

「お前は……、お前は、母の想いをしっかりと受けとめていたのだな……」

八重が死んだ時、涙ひとつ見せなかった忠也を、〝情の無い奴〟と訝《いぶか》しんだが、それは我が身の考え違いであったと、今、源三郎には、はっきりと知れた。

「亡くなる前日、母上は、わたし一人をお呼びになり、悔しいことや哀しいことがあったからといって、決して泣いてはいけません。涙を見せるのは、嬉しいことがあった時だけにしなさい……。そう申されました。何事にも弱々しかったわたしが涙を見せて、人の嘲《あざけ》りを受けてはならぬと思われたのでしょう」

忠也はその約束だけは何としても守ろうとした。だが、ひ弱でどこか頼りなげな忠也が、何があっても涙を見せぬ様子は、時に人から、可愛げのない子供に映ったかもしれない。

「ですが、母の恩は、どのような時にも、忘れたことはありません。何もしてさしあげられないまま亡くなった母上に、わたしがせめて出来ることは、この先、わたしが描く絵の中に面影を込めることしかありません。父上、そういうわたしは、やはり女女《めめ》しい男なのでござりましょうか……」

絵を掲げながら、忠也は源三郎に訴えるような目を向けた。

「ああ女女しい。おれはお前のように言いたいことを心の底にしまっておくような男は気にいらぬ。だが……、少しは、これで八重も浮かばれよう。あれには随分、苦労をかけたゆえにな……」

源三郎は、厳しい言葉を投げかけつつ、忠也に頰笑んでみせた。

「父上……」

「涙を見せるのは嬉しい時だけにしろ……。忠也、今こそ泣け、これほどまでに巧みに絵が描けるとは思わなんだ。これよりは思う存分絵を描くがよい。いざともなれば、お前など廃嫡にして、泰次郎に家を継がせるからそう思え」

「父上……、忝《かたじけの》うござります……！」

忠也は掲げた絵を抱き締めて、男泣きに泣いた。

父の許しを得たからだけではない。

竹山国蔵、鈴川清信……。色々な人の情けのありがたさに、何年ぶりかの涙を流したのである。

その国蔵と清信は、倅の号泣を見て、さらに目に溢《あふ》れくる涙に耐える源三郎を、まことによかったと、つくづく眺めた。

どうにも決まりの悪い源三郎は、二人に向かって、何度も何度も武骨に頭を下げるのであった——。


それからしばらくして——。

梅の花が咲き、町は初午《はつうま》を控え、そこかしこに、太鼓を売り歩く行商が目立ち始めたある日のこと。

手習い道場に、鈴川清信が、例の栄三郎が注文した絵が出来たからと届けに来た。

あれから、笠間源三郎は己を鍛え直さんと竹山国蔵の道場に通い始めたという。

国蔵は、忠也の弟・泰次郎も連れてくるように勧め、すでに束脩は貰《もら》っていると言って、一切謝礼を受け取らないそうだ。栄三郎は、師・岸裏伝兵衛から、これらの話を聞き、源三郎を諫めた国蔵に感じ入り、師を通じて二両の手間を返すと申し出た。

　しかし国蔵は、それには及ばぬとこれを拒《こば》み、見事に若き忠也の心を解きほぐし、自分の登場をお膳立てしてくれた栄三郎を誉《ほ》め、

「あの男が、もう少し剣術に目を向けたらのう……」

と、嘆息《たんそく》して、伝兵衛を喜ばせたのであった。

「だが、栄三郎、お前は己が天分を町の中にしっかりと見つけたな。剣術に目を向けぬところが、お前の愛敬《あいきょう》じゃ。この身も負けてはおられぬわ」

　そう言い置いて、伝兵衛はまた、ふらりとどこかへ出かけた。

「うちの方じゃあ、もう、忠さんは人が変わったようによく喋《しゃべ》るようになりましたよ」

　清信は、この調子では、絵を教えるどころか、恐ろしい商売敵《がたき》になるかもしれないと言って大いに笑った。

「旦那に会いたがっておりやしたよ」

「そんなら、一度、うちの子供達に絵を教えてやってくれるように伝えておいておくれ」

「承知致しました」

　手習い子達の帰った後の、がらんとした道場を見回して、ここの子供達は幸せ

だと、清信は呟いた。

「何が幸せだって？」

「いえ、旦那ともっと前に出会っていたら、廃嫡はされても、勘当されることはなかったんじゃねえかと……」

「はッ、はッ、何だか照れるよ。それより、早くおれ好みの女と御対面といこうじゃねえか」

「そうでございましたね。こいつは、随分ともったいをつけてしまいました。旦那好みの女の絵を描いておきますと言ったものの、なかなかいい顔が浮かんできませんでねえ。それで、こんな風に……」

清信は、持参した浮世絵の肉筆画を、栄三郎に見せた。

「ほう、こいつはいい女だなあ……」

そこには、年の頃なら二十二、三の遊女が描かれてあった。

瓜実顔《うりざねがお》に整った目鼻立ち――すれた様子は窺われず、口許にはどこか哀愁が漂っている。

まことにいい女である。

「こいつは、いかにも旦那好みの女だねえ」

横から又平が覗き込んでニヤリと笑った。

「おれの好みがわかるのかい」

「へい、そりゃあもう」

「それなら、お気に入って下さいましたか」

清信が嬉しそうに言った。

「ああ、気に入ったよ……」

栄三郎は、浮世絵の女をじっくりと眺めた。

——確かにおれ好みだ。

随分前に一度きり馴染んだ遊女に似ている。

その後、何度も夢に見た一人の女に——。

——いや、思い出すのはよそう。

今はとにかく、この浮世絵の女をどこに飾るか考えよう。それとも、〝そめじ〟のお染などにはくれぐれも見つからぬよう、行李《こうり》の中にでもしまっておいて、時折そっと眺めようか……。

そんな愚にも付かぬことに頭を悩ませながら、絵に取り憑《つ》かれる者の気持ちが、わかる気がする栄三郎であった。

第二話

宝のありか

一

「古着屋か……」

「笠《かさ》屋か……」

「無事で何よりだったな」

「ああ、お前もな」

「それにしても、弦巻《つるまき》のお頭《かしら》がしくじるとはな……」

「まったくだぜ。盗賊改に気取《けど》られて、皆やられちまうとは」

「だが古着屋、こんなことを言っちゃあ何だが、捕物の最中に皆、斬られちまったのは、おれ達にとっては幸いだ」

「何が幸いだ。弦巻一家の盗人《ぬすつと》は、手前《てめえ》が捕《とら》まえられたとて、仲間のことを喋《しやべ》りはしねえ」

「さあ、盗賊改の拷問《ごうもん》は凄《すさ》まじいと言うぜ。誰かが口を割っていたかもしれねえぞ」

「そりゃあ、そうだが……」

「とにかく早く江戸を離れるに限るぜ」

「離れようにも、この前の仕事の分け前をもらっちゃいねえや」

「諦《あきら》めるしかあるめえ。宝のありかは、お頭しか知らねえんだ。そのお頭が死んじまった今、どうしようもねえや」

「それがよう。お頭から預かった行李《こうり》を始末していたら、こんなものが出てきたのよ」

芝《しば》、金杉《かなすぎ》橋南方に広がる砂浜――。

すぐ近くには薩州《さっしゅう》蔵屋敷があり、日の高いうちは、ここへ荷を運ぶ小船が行き来し、それを揚《あ》げ下ろしする人足の賑《にぎ》わいが望めるが、夜ともなると、人の通わぬ寂しい所になる。

そして今、夜の浜の捨て置かれた廃船の蔭《かげ》に、二人の男が居て、何やら聞き捨てならぬ話をしている。

〝古着屋〟〝笠屋〟と呼び合っているが、二人は、弦巻一家という盗賊の生き残りのようである。

古着屋は一枚の絵図面を懐《ふところ》から出して見せた。夜目に、それに何が記されているのか、笠屋にはわからぬが、

「古着屋、こいつはまさか……」

「そのまさかよ。恐らくここにお頭は、お宝を隠したのに違《ちげ》えねえや」

「何だと……」

「寮の床下に、蔵があるとなっている」

「本当か……」

「ああ、誰にも見つからねえように、ここを探しだし、生き残ったおれ達が、こいつを頂いちまおうぜ」

「そうだな。よし、どこか明るい所で、この絵図面を眺めながら、策を練《ね》るとするか」

二人はその場を離れた。

松林に入った所で、提灯《ちょうちん》に灯を入れ、笠屋は歩きながら、古着屋が持って来た絵図面を待ち切れずに見つめると、ニヤリと笑った。

「どうでえ、笠屋……」

「お前の言う通りだ。お頭はここに隠したのに違えねえ」

笠屋は古着屋に絵図面を返した。

「こいつはなあ、お頭の黒装束《くろしょうぞく》の襟《えり》に縫《ぬ》いこんであったのよ。それを見抜けねえで始末しちまう、馬鹿なおれじゃあねえや……」

得意満面に絵図面を懐にしまう古着屋の動きが、凍りついたように止まった。

その背中には、匕首《あいくち》が突き立てられている。

「悪く思うなよ古着屋、手前は分け前にうるせえからよ。おれが一人で頂くぜ」

「手前……、汚《きたね》えぞ……」

どうっとその場に倒れた古着屋の懐から、絵図面を取り出す笠屋であったが、それを手にした刹那《せつな》、

「うッ！」

という叫び声と共に頭を抱えた。

ぐったりとした古着屋が、右の手に摑《つか》んだ石塊《いしくれ》で、反撃に力を振り絞ったのだ。

「野郎……」

古着屋は、笠屋が頭を打たれた衝撃で取り落とした匕首を拾い、これを手に、体ごとぶつかった。

匕首は笠屋の腹を貫《つらぬ》いた――。

「ふざけやがって……」

古着屋は、息絶えて倒れている笠屋の脇に落ちている絵図面を懐にしまうと、鬼のような形相《ぎようそう》で歩き出したが、五間《けん》ほど行った所で、ついに力尽きた。

むせ返るばかりの血の匂《にお》いを、汐風が吹き散らし、辺りには静かな波音だけが漂う——。

再び暗闇に包まれた松林に、新たな黒い影が通り過ぎた。

その影は、古着屋が奪い返したあの絵図面を我が物にすると、暗闇の彼方《かなた》へ消えて行ったのである。

二

頭上で鶯《うぐいす》が、愛らしい声で啼《な》いた。

春告鳥《はるつげどり》と呼ばれるこの小鳥が目立ち始めたら、温かな日々はもうすぐだ。

「そうは言っても、桜が咲くのはまだ先だし、まだまだ寒い日が続くんでしょうねえ」

三十間堀《さんじつけんぼり》にかかる紀伊国《きのくに》橋の上で、又平は冷たい風に首をすくめた。

「まあ、こういう時は、あったけえそばが何よりだ……。さあさあ参りやしょう」

「あったけえそばはいいが、又平……」

並んで歩く秋月栄三郎が、からかうように言った。

「お前、そばを食うのは、深川《ふかがわ》の〝ひょうたん〟と決めていたのじゃねえのかい」

「はあ……。そういえば、そんな店もありやしたねえ」

又平は、空惚《そらとぼ》けて見せた。

〝ひょうたん〟の小女《こおんな》・およしに熱を上げて、何かというと通っていた又平であったが、近頃、およしの方は金回りのよい小間物屋に、すっかり傾いているそうな。

　そういうわけで、どうも面白くない又平は、深川通いはきっぱりとやめて、この日も中食《ちゅうじき》は、木挽《こびき》町二丁目の〝八品《やつしな》〟と決めて、栄三郎を誘ってここまでやって来たのである。

「そばはやっぱり〝八品〟に限りまさあ……。そうじゃありませんか、旦那……」

「ああ、おれは元より〝八品〟が贔屓《ひいき》さ。これでそばを食うのも楽になったよ」

栄三郎は、強がる又平を見て、愉快に笑った。

何度も又平に請《こ》われて、〝ひょうたん〟に付き合わされた栄三郎であった。

そば屋〝八品〟は、〝もり〟〝かけ〟〝あんかけ〟〝あられ〟〝天ぷら〟〝花まき〟〝しっぽく〟〝玉子とじ〟の八品を置いていることと、店の主《あるじ》の治平《じへい》が、さえない様子でやって来た客に、

「何だい、むさ苦しいねえ、もっとやつしなよ……」

と言う口癖からついた名前だそうである。

治平とその女房・おてる。中年夫婦が二人で切り盛りする小体《こてい》な店だが、栄三郎がここを贔屓にする理由は味の良さだけではない。

〝八品〟の北隣《どなり》は、お種《たね》という老婆一人が暮らす〝たけや〟という唐辛子屋で、治平、おてる夫婦とは、商売の相性が良いこともあり、身内同然の付き合いをしている。

〝八品〟夫婦が、〝おっ母《か》さん〟と呼ぶお種の家の二階を、栄三郎の剣友・松田新兵衛が間借りをしていることで、栄三郎は自然と、お種、治平、おてるとは、親しい間柄となっていたのだ。

お種は、二階に住む松田新兵衛を〝守護神〟の如《ごと》く崇《あが》め、頼りにしているので

あるが、今、新兵衛は上州《じょうしゅう》に旅に出ていて、

「時折、婆《ば》ァさんの顔を見に行ってやってくれぬか」

と、栄三郎は、出立の折に頼まれていた。

又平に誘われるまでもなく、〝八品〟には行ってやらないといけないのであった。

紀伊国橋を渡ると、〝たけや〟と〝八品〟はすぐそこだ。

しかし、今日はお種のいつもの売り文句が聞こえてこない。

七味の効能を、嗄《しやが》れた声で語りつつ調合する、この辺りではちょっとした名物であるのだが……。

「何だ、お種さんは出かけているのか……」

「いえ、店には出ているようですぜ」

訝《いぶか》しむ栄三郎に、又平は、唐辛子屋を覗《のぞ》き込みながら言った。

確かに、お種の姿は店先にあったが、近付いてみると、いつもに似合わず、物静かで、何か考え事をしているように見える。

「どうしたい。浮かぬ顔をしているじゃねえか」

栄三郎は、明るく声をかけてやった。

「栄三さんかい。又さんと二人で、隣のそばを食べに来たかい」

お種の声にはいつもの張りがなかった。

「いや、今日は手習いが休みでな。お前さんの御機嫌を伺《うかが》いに来たのさ」

「口が上手だねえ……」

老婆の顔に笑みがこぼれ、少しばかり生色が戻った。

「どうでえ。一緒にそばでも食わねえか。もっとも、隣のそばは食い飽きているかもしれねえが、何かおもしろい話でも聞かせておくれ……」

お種は、栄三郎が自分を気遣ってくれていることを察し、にこやかに頷《うなず》くと、しばしの間店閉まいを段取った。


「おや、お種さん、いい男二人と一緒かい。羨《うらや》ましいねえ」

〝八品〟へ入ると、女房のおてるが賑《にぎ》やかに三人を迎えた。

そば汁《つゆ》の香りがたちこめる店の奥から、

「せっかくなんだから、もっとやつしなよ」

治平が決まり文句をお種に放った。

気が置けない連中に囲まれて、お種はすっかりいつもの調子に戻ってきて、

「あたしゃ、〝あんかけ〟をもらおうかね。年寄りだから、そばは柔らか目に頼むよ。言っとかないと、この店は気が利《き》かないから……」

などと、話し声にも勢いが出てきた。

栄三郎は、あぶった海苔《のり》を細かに揉《も》んでふりかけた〝花まき〟を、又平は〝あられ〟を頼んだ。これは、ばか貝の貝柱をのせたものだ。

空腹を充たし、心地よく体が温まった頃を見はからい、

「ところでお種さん、最前何やら考え事をしていたようだが……」

と栄三郎が切り出した。

「いや、それがさ、娘夫婦のことなんだがね……」

お種は苦笑いを浮かべた。

お種には、おみねという二十五になる娘が一人居て、今は、芝源助《げんすけ》町に住む錠前師の庄吉《しょうきち》と所帯を持って暮らしている。

三十を過ぎて産んだ娘であり、早くに亭主に死に別れてからは、唐辛子屋を守って、女手ひとつ、懸命に育てたおみねのこと。可愛《かわい》からぬはずはなかったが、母一人の身を案じ、娘が嫁に行きそびれてはならないと、庄吉との縁談が持ち上がった時は、相手の人となりを見極めるや、さっさと婚儀を進めてしまったお種

であった。

庄吉はそういうお種の気持ちがわかるだけに何度となくおみねと諮《はか》って、一緒に暮らそうと誘ったが、お種は、隣の治平、おてるが夫婦してよくしてくれるから心配はいらぬ、何より独《ひと》りが気楽でよい……、とそれも断ってきた。源助町はそれほど遠い所ではない。何かの折には、母娘双方が行き来をすればよいと、少し間を置いた幸せな関わりを続けてきた。

それが昨日――。

出雲《いずも》町の知り人に慶事があり、そのまま新《しん》橋を渡り、芝口の方へ足を伸ばし、娘夫婦を訪ねてみると、二人とも留守の由《よし》。

「どうしたのかと思って、御近所に聞いたら、そう言えば今朝から姿を見ていないと言うんだよ」

庄吉は腕利きの錠前師で、表長屋に住まいを構えているのだが、周辺は、彫金工、鏡磨《と》ぎなど、居職《いじょく》の住人ばかりで、互いに家に籠《こも》っていることも多く、訊《たず》ねてみてもどうもあやふやだ。

そのうちの一人は、

「夕方くらいにお武家様が訪ねてきて、それからちょっとして、出かけたようでしたがねえ……」

　と、言う。

　たまたま二人とも留守で入れ違いになっても、近所の住人から、お種の来訪を報《しら》されれば、

「おっ母さん、来てくれたんだってねえ」

　などと言って必ず訪ねて来る庄吉とおみねであるのだが、それもなく、今日を迎えた。

「て、ことは……。御近所の人が、お種さんが来たってことを伝え忘れたか、ずっと夫婦して出かけたままになっているか、どちらかってことですよねえ」

　お種の話を聞いて、又平が首を傾《かし》げた。

「そうだろう。何やら気になって、今朝一番に訪ねてみたら……」

　庄吉とおみねは、やはり、留守をしていて、どうやら一昨日の夜くらいから、家には居ないようなのだ。

「何だかおかしいねえ……」

　一通り客もはね、お種の話を聞いていたおてるが口を挟んだ。

「何日か家を空《あ》けるなら、おみねちゃん、おっ母さんをお願いします、とか何と

か、うちにでも言ってきそうなものなのにねえ」

板場から、治平も出て来て、

「まったくだ。あの二人が、おっ母さんに一言もなく、湯治《とうじ》や遊山《ゆさん》に行くとも思えねえ」

と、眉をひそめた。

「遠い所に行った様子はないんだよ……」

念のため、お種は旦那寺に和尚《おしょう》を訪ねてみたが、二人とも、寺へは来ていないと言う。

旅へ出るには、旦那寺で〝往来切手〟を出してもらわねばならない。これは、もし旅先で死んだら、その土地の寺に葬ってもらい、それを連絡してくれるように文言が記された手形である。

お種が娘夫婦のことを心配するのも無理はなかった。

「だが、お前さんの娘夫婦はしっかり者だと聞いている。どこかその辺の知り合いの家にでも遊びに行って、くだらねえ理由で足止めをくらっているのに違いなかろうよ」

栄三郎が、お種を元気づけるように、事も無げに言った。

「栄三の旦那の仰《おつしや》る通りだよ。明日にでもひょいっと、帰ってくるさ」

治平もこれに同調した。

「とにかく、二、三日様子を見りゃあいいと思うが、親としちゃあ気を揉むのも仕方がねえことだ。おれと又平で、心あたりを探っておくよ」

「そうかい、すまないねえ。栄三さんがそう言ってくれたら心強いよ。このお礼はどうさせてもらおうかねえ」

「礼なんていいよ。もうすぐ新兵衛が旅から帰ってくるから、何かうめえもんでも食わせてやっておくれ」

栄三郎は、お種の痩《や》せた肩を軽く撫《な》でると、立ち上がった。

「そんなことなら、ここはあっしが奢《おご》らせて頂きましょう」

治平は、銭を出す栄三郎の手を押《お》し止《とど》めた。

「あたしゃあ、ほんに幸せな年寄りだ……」

いつも気丈なお種の声が、心なしか潤《うる》んでいた。

三

その日の夜となって――上州から戻った松田新兵衛が、〝手習い道場〟に立ち寄った。縄で一括《ひとくく》りにした下仁田《しもにた》ねぎを背負っての帰還は、百姓達にも手ほどきをした様子が窺《うかが》い知れて、まことに頬笑《ほほえ》ましいものであった。

「こいつはありがたい。まだ、夕餉《ゆうげ》が済んでおらぬでな」

栄三郎と又平は、ねぎに味噌《みそ》を塗って炭火で焼いてみたり、根深汁《ねぶかじる》を作ったりして、こちらもまだ夕餉が済んでいなかった新兵衛に振る舞い、その間、今日のお種の話を報せた。

「何だと、庄吉とおみねが……」

たちまち新兵衛の顔が陰った。

老母一人では物騒ゆえ、誰か良い間借り人が居ないかと思案していた庄吉とおみねは、一年前、武者修行の旅から久し振りに江戸へ戻ってきた新兵衛と、芝神明《しんめい》の茶屋で偶然に知り合い、その質実剛健ぶりに大いに惹《ひ》かれ、是非にと入居を願った。それ以来、新兵衛にとっては身内同然の夫婦であった。

「で、二人に何か変わったことは……」

「それが、近所でも、仕事先でも、あの夫婦の評判はいいし、何も変わった様子はなかったと……」

お種と別れてから、栄三郎と又平は、夫婦の身辺をあれこれあたってみたが、これといって、不審は浮かんでこなかった。

「南町の前原《まえはら》弥十郎《やじゅうろう》殿にはこの話をしたのか」

「ああ、ついさっき顔を出したから、話をしてみたら、二日やそこいら居なくなったからって騒ぐほどのことじゃあねえだろって……」

「なるほど、いかにも言いそうだ」

「南町はついこの前、弦巻一味という盗人を取り逃がした上に、それを盗賊改に持っていかれて、それどころじゃないようだ」

「まったく、物事が見えておらぬな。まだ二日やそこいらのことかもしれぬが、庄吉の仕事のことを思うと、何やら心配になる」

「おれも、実はそのことが気になるんだ」

大したことはないと、〝八品〟でお種を力づけた栄三郎であったが、その実、心の底では、胸騒ぎを覚えていたのだ。

「仕事のこと……。そうか、そうでやすねえ……」

又平も、なるほどと、細い目を見開いた。

「庄吉という娘の亭主は、腕のいい錠前師だそうだな」

「ああ、婆ァさんはいつも、家で自慢をしている。何でも、庄吉の手にかかれば開けられぬ錠はないそうだ」

「開けられぬ錠はない……。その腕に目をつける奴《やつ》がいたとしたら」

「どうせよからぬ奴に違いない」

栄三郎と新兵衛の会話に、ますます又平は目を見開いて、

「まさか、二人はよからぬ連中に攫《さら》われたと……。それは考え過ぎじゃあねえですかねえ」

「いや、庄吉はなかなか肝《きも》の据《す》わった男だ。悪事のために己の腕を使うくらいなら、死んだ方がましだと言うだろう」

「そう言わさぬように、女房のおみねも攫ってしまった……。人は手前の痛みには耐えられても、人の痛みを見せつけられりゃあ、どうしようもないものだからな」

「それでも言うことを聞かない時は……」

「新たに誰かを攫うだろう」

栄三郎は意味ありげに新兵衛を見た。

「取り越し苦労だと祈るが、何事も備えあれば憂いなしだ。二、三日様子を見て、その間に何かが起こっては取り返しがつかぬ。近所の者が、夕方に侍が一人訪ねてきたと言っていたそうだが、そ奴が気になるな……」

新兵衛はいかにも彼らしく、ひとつひとつに推理を巡らせはじめた。

まったく生真面目《きまじめ》な奴だと苦笑しつつ、栄三郎は、いちいち相槌《あいづち》を打ち、意見を足していく――又平は、自分のことを幸せな年寄りだと嘆息《たんそく》したお種を、まことにその通りだと感じ入った。

その辺りで独り暮らす年寄りが、気の毒に思えてくる。

新兵衛は、道場で旅装を解くと、これから自分が取るべき段取を頭の中で整理して、己《おの》が住まいに向かった――。

お種の住む唐辛子屋はすでに雨戸を下ろしていた。

新兵衛はこれを素通りして、そば屋〝八品〟の角の路地へと入った。

この路地は、〝八品〟の勝手口、さらに、唐辛子屋の裏手に続く。

誰の視線も覚えぬことを見極め、新兵衛はするりと、〝八品〟の勝手口から内へ身を滑らせた。

店はちょうど仕舞うところで、板場に居た治平は、

「おや、先生……」

思わぬ所からの新兵衛の登場に目を丸くした。

「今宵《こよい》帰るとは伝えておらなんだゆえ、表の雨戸を叩《たた》いてやるのも気が引けてな」

「なるほど、そうでやすね。どうぞ、どうぞ……」

治平は、いつもながらに心優しい新兵衛に目を細め、裏の小庭に導き入れた。

ここと、隣のお種の住まいの小庭との仕切板は、扉状になっていて、押せば向こうに出られるように施されてある。

娘のおみねが嫁ぎ、独りとなったお種を気遣い、治平、おてるが、互いに行き来しやすいようにと工夫してくれたのである。

新兵衛はここから、お種の、唐辛子屋の店舗の奥にある住まいへと入った。

もしも、庄吉、おみね夫婦を攫った一味がいたとすれば、庄吉には身寄りがないというから、その魔の手がお種に伸びるやもしれぬ。

念の入った連中なら、二階に新兵衛が間借りしていることを知っているはず

だ。そして、今は旅に出ていることも――。と、すれば、まだ自分は帰っていないと思わせる方が面白い。

新兵衛はそう思ったのである。

もっとも、新兵衛の小細工を、敵はお見通しかもしれないが、打つべき手は、一手でも多く打つのが、新兵衛の兵法である。

「婆《ばば》殿、話は栄三郎から聞いた。こういう時はあれこれ気が落ち着かず眠れぬものだ。娘夫婦のことが知れるまで、おれも下で寝るとしよう」

新兵衛は、小庭から帰宅するや、小声でそう伝え、お種を喜ばせると、その夜は母子のように一間で休んだ。

やがて、夜の闇が辺りを包み、世間はすっかり眠りに入った。

〝守護神〟・松田新兵衛が戻ってきて、傍《そば》に居てくれる安心から、お種は安らかな寝息をたてている。

新兵衛も横で寝転び、まどろんだが、五感は休まず外に向けられていて、袴《はかま》も取らず、大刀を引き寄せ、いつでも戦える武人の態《てい》を崩さない。

臨戦の緊張を楽しむ新兵衛の五体が目覚めたのは、眠りについて一刻（約二時間）ばかり後のことであった。

——やはり来たか。

何者かが、裏木戸に外から取りついている気配がする。

この家の裏木戸には、木製の、ごく簡単な閂《かんぬき》しか施されていない。

錠前師の庄吉が、頑丈な物を用意しようとしてくれたが、それも大層だと、お種はそのままにしている。

ちっぽけな唐辛子屋に、危険を冒《おか》してまで押し入る馬鹿はいない。

江戸の町は、簡単に盗賊の跳梁《ちょうりょう》を許さぬように出来ているのだ。

それでも、悪の道が、今まで絶えたことはない。

新兵衛は、闇の中、庭に目を凝《こ》らした。

裏木戸の閂が、微《かす》かに揺れている。

器用にも、何者かが外から戸の隙間《すきま》に、小ぶりの鋸《のこぎり》を滑りこませ、そっと音もたてずに、閂を切断しているのだ。

お種はまったくそれに気がつくことなく、すやすやと眠っている。

——なかなかやる。

新兵衛は身を引き締め、小庭の隅に身を置いた。右手は、腰に差した大刀の柄《つか》にかかっている。

やがて、見事に門を切断した何奴かは、裏木戸の向こうから、その姿を現した。

ところが――。

鮮やかに木戸を開けた賊は、いきなり小庭で先頭がつまずいて転がり、それにつられて、後の一人もまた、その上にのしかかった。

賊は二人で、覆面をしているが浪人者であることが、新兵衛には夜目にわかった。

「この、たわけが……」

必死で物音をたてまいとする浪人の一人が、囁《ささや》くように、つまずいた一人に怒った。

その後二人は、しばしその場に固まり、聞き耳をたてているようであった。

お種に気取《けど》られたかと思い、その場に伏せたのであろう。

お種はその物音には気付かず、今も寝息をたてている。

「よし……！」

二人は、その言葉を呑《の》んで頷き合った。庭の隅に気配を消して立っている新兵衛に、まったく気付いていないらしい。

――どんな奴が入って来るかと思うたが、何だこ奴らは。

新兵衛は、拍子《ひょうし》抜けがして、刀の柄から手を離すと、恐る恐る一間へと向かう二人の背後にすり寄って、

「おい……」

と声を掛けた。

はっとして振り返った刹那《せつな》――間抜け二人は、それぞれ新兵衛に当て身をくらい、あっけなくその場に崩れ落ちた。

「さて、どうしたものか……」

まったく〝期待外れ〟の賊ではあるが、これで、庄吉、おみね夫婦の身に難儀が及んでいることは間違いない。

この二人を役人に引き渡したとて、そこからがあれこれ面倒である。

役人が動き出したことで、間抜け二人の仲間が自棄《やけ》をおこせば、庄吉、おみねの命に関わる。

「よし、やってみるか……」

やがて、ある計略に思い当たった新兵衛は、ふっと頬笑んだ。

一間のうちお種は相変わらず、夢の中にいた。

四

「おい……！　いい加減におれの言うことを聞け。命までも取るつもりはない。それどころか、それ相応の礼をすると申しておるではないか」

「いや、蔵の扉を開けた途端、御苦労だったな……。てなことを言って、ばっさりやるつもりなのはわかっているんだよ」

「馬鹿野郎！　この旦那はなあ、そんな悪いお人じゃねえや！」

「馬鹿はお前だ。悪いお人じゃねえだと？　おれの女房をかどわかして、それを質《しち》に、こんな薄暗《うすぐれ》え所に連れ出しやがって、悪いお人じゃねえとは、どの口で吐《ぬ》かしやがるんだ」

「そりゃあ、まあ……。いい人だとは言えねえけどよ……。悪い話じゃねえだろうよ。なあ、九六《きゅうろく》……」

「雛助《ひなすけ》の言う通りだ……」

「お前達は引っ込んでいろ！」

「お前さん、わたしは殺されたっていいよ。だから、お前さんの錠前師の技を、こんな奴らのために使うことはないよ」

「おみね、お前はいい女だな……」

昼夜の区別がつかない、ある床下の一室――。

灯台の灯火は〝魚灯《ぎょとう》〟の安物で、むせかえるような臭いが充満していた。

庄吉とおみねは、二日前からここに監禁されている。

今、夫婦を押し籠《こ》めているのは、二人の浪人と、駕籠屋《かご》が二人――間抜けにも、夫婦の前で名を呼び合ってしまった、雛助と九六が駕籠屋である。

名乗ってはいないが、雛助が〝悪いお人ではない〟と言った浪人は、相川伊《あいかわい》十郎《じゅうろう》。部屋の端でむっつりとして、夫婦を見張っている一人は、水原半之丞《みずはらはんのじょう》という。

様子を見るに、相川と水原は、浪人となる前の同僚のようで、雛助は相川の、九六は水原の小者《こもの》として奉公していたようである。

庄吉とおみねの受難を語るに――。

二日前のこと、買い物に出かけたおみねは、

「ちと、道を訊ねたいのだが……」

と、水原に路地へ連れ込まれ、そこで殺すと脅《おど》されて、目隠しをされた上に駕

籠に押し込められた。

そして、何処《どこ》や知れぬ寮に連れて来られ、その地下室に幽閉された。

その後、庄吉を、相川が訪ねて来て、

「是非、内密に開けてもらいたい錠がある」

と同道を願った。

どうも怪しいと踏んだ庄吉は、これをやんわりと断ったのだが、

「来ねば、お前の女房の命は無いと思え……」

と、おみねが身につけている、櫛《くし》、笄《こうがい》を見せられた。

恋女房を質に取られては仕方がない。

業腹《ごうはら》ではあるが、七ツ道具を手に、雛助、九六が担《かつ》ぐ迎えの駕籠に、おみねと同じく、目隠しをさせられて乗った。

着いてみれば、おみねは無事で、薄暗い地下室の壁には、蔵に続いていると思われる鉄扉《てっぴ》があり、そこにはいかにも頑丈そうな錠が下ろされてあった。

これを開けろと言うのだ。

何が入っているか問うても、それはわからぬと言う。

「そんな怪しい蔵を開けるんじゃないよ！」

後ろ手に縛られてなお、気丈に振る舞うおみねに戒《いまし》められて、ここまでは女房の安否が気遣われて捕われの身となったが、

「百両百貫もらっても気にそぐわぬ仕事はしねえ……」

という職人気質《かたぎ》が、むくむくともたげてきた。

連れて来られた時は、今はこの場を外している浪人二人がさらに居て、恐怖を覚えたものだが、一団の首領格である相川は、存外にまともな男で、

「手荒な真似《まね》をして連れて来たのはすまなんだが、これも、庄吉、そなたの腕を買ってのこと。こちらも、危険を冒した上は、何としても開けてもらいたい……」

と、話す声にも情がある。

白刃を突きつけながらとはいえ、賊達は、庄吉とおみねに、握り飯を与えてくれたし、厠《かわや》にも行かせてくれた。その間は、縄の縛《いまし》めも解いてくれた。

と言って、不気味な蔵を、はいそうですかと開けるのは、やはり職人の心が許さない。とにかく刻《とき》を稼ごうと、蔵の謂《いわ》れを問い続けた。

仕方なく首領格（相川）が語るに、この蔵の中には、さる盗賊が隠し置いた〝お宝〟があり、運び出す前に火付盗賊改の急襲を受け、鍵のありかを告げぬま

ま、捕物の最中、命を落としたのだと言う。

「そんなら、お前さん達は、その盗人の一味ってわけで……」

「一味……、うむ、ああ、そうだ、一味だ、おれ達は生き残ったのだ。それゆえ、一刻も早く、この蔵を開けて、散らばらねばならぬのだ」

庄吉の言葉を幸いに、盗賊の一味であると、脅そうとしたつもりの相川であったが、この連中が、それほどの盗人の一味であるはずがない——幼い頃に二親《ふたおや》を亡くし、肉親の情を知らずに育って、二十歳《はたち》になるやならずの頃は、命のやり取りをするまでにぐれた庄吉にはわかるのだ。

「恐れ入りやした……」

という振りを見せつつ、こいつらは、どうせ大した悪事もできぬであろうと、ああだこうだと言って、錠を開けることを拒《こば》んできたのだ。

そのうちに、相川も業《ごう》を煮やし、件《くだん》の言い合いとなったのである。

——こ奴め、なかなかしたたかな。

次第に、気の強い女房と共に、こちらを呑んでかかる庄吉を、相川は手強《てごわ》いと見た。

しかし、かくなる上はと、すでに手は打っている。

「お前の強情がいつまで続くかな……」

相川は、不敵に笑って見せた。

「いつまで……。さあね。なかなかその気にはならねえだろうよ」

「道具まで持ってきて、錠前師が錠を開けぬということは、さすがのお前も、蔵にかかっている錠前を見て、これは手に負えぬと怖じ気《おけ》づいたか」

「馬鹿言っちゃあいけねえや。どんな錠でも、おれの手にかかりゃあ、赤児《あかご》の手をひねるようなもんだ」

口をとがらす庄吉を見て、

「お前さん、調子に乗せられちゃあいけないよ」

横合から、おみねが口を挟んだ。

「それを聞いて安心した。ここにもう一人、連れてくる。その顔を見たら、お前の強情も続くまい」

「もう一人連れて来るだと……」

「まさか、お前たち……」

おみねは、はっと思い当たって、不安な表情を浮かべた。

「お種というのだな、お前の母親は……」

相川はニヤリと笑った。

「この、人で無しが！」

おみねが叫んだ。

庄吉も、賊の企《たくら》みに気がついて、

「て、手前《てめえ》ら、おっ母さんに指一本触れてみやがれ、ただじゃおかねえぞ！」

と、怒鳴り散らした。

「ええい、黙れ！」

相川は、刀を抜き放ち、ピタリと庄吉の鼻先に突きつけた。

どこか間が抜けている一味にあって、さすがに首領格だけのことはある。

その太刀筋はなかなか見事なものであった。

「お前が素直に錠を開けぬゆえ、お種は恐ろしい思いをせねばならぬのだ」

相川は声に力を込めた。

手荒なことはしたくない。血を流すことがあってはならぬ。

武士の心が残っているから、ここまでは、根気よく、おみねに手出しもせず、
その母・お種を連れて来ることで、庄吉の首を縦に振らそうと思った相川である。

しかし、もし、それでも強情を張るなら、まず、おみねの顔から切り裂いてやる覚悟は出来ていた。

相川の思いつめた表情を見て、

「この、悪党が……」

庄吉はがっくりと肩を落とした。

「錠を開けろ」

相川は、ここを先途《せんど》と凄《すご》んでみせた。

「お前さん……」

何か言おうとする、おみねの首筋に、部屋の隅で黙って見ていた水原の白刃が向けられた。

「ざまァ見やがれ」

「おう、早いことかかったが身のためだぜ」

先ほど、相川に黙っていろと言われた、雛助と九六が、囃《はや》したてた。

「うるせい、おっ母さんの無事な姿を、この目で確かめてからのことだ」

ここまでは、話を引き延ばし、うまく逃げる手立てが見つからないかと、考えを巡らせてきた庄吉も、ついに観念するしかなかった。

この相川――本気になれば、腕も立つのであろう。気は進まないが、見事錠を開けて、命を取るつもりはないという、その言葉にかけるしかあるまい。

「安心しろ、先ほども申したように、命を取るつもりはない」

庄吉の心の内を見すかしたように、相川は、今度は穏やかに言った。

「だが忘れるな。おれ達はこの蔵を開けることにすべてを賭けている。それが叶《かな》わぬとなった時、どのような自棄を起こすやもしれぬぞ……」

庄吉、おみね夫婦にとっては、まことに迷惑な話ではあるが、浮かばれぬ浪人暮らしに、実際、相川も水原も、すでに自棄を起こしていたのだ。

数日前のこと――。

ここ何日も、借金取りが飯倉《いいぐら》町の浪宅を訪ねてきて、それに嫌気がさした相川伊十郎は、目覚めるや外へととび出した。

――もう帰りたくはない。

五年前に、突然禄《ろく》を失った相川は、再起を誓い、妻子を妻の実家へ帰らせたが、仕官の道などあるはずもなく、妻が離縁してくれるよう迫ってきたのが二年前――その時渡してやった金が借金となってのしかかり、このままどこかへ消えてしまいたい思いであった。

気がつくと、袖ヶ浦《そでうら》の浜辺を当て所《あど》もなく歩いていた。

海から吹き来る潮風は冷たく、静かに打ち寄せる波を見つめると、何やら物哀しくなってきた。

「金が無《ね》えのは、首の無えのと同じことですぜ、旦那……」

昨日、金が取れぬと見るや、嘲《あざけ》るように捨て台詞《ぜりふ》を吐いた、金貸しの憎々し気な顔が、波間に浮かんだ。

——今度、奴を見たら、斬ってしまうかもしれぬ。

家へ帰りたくないのはそれがゆえであった。

しかし、あんな奴から逃れるために、とぼとぼと寒空の下を歩いている己が姿を思うに、哀しさが言い知れぬ怒りに変わってくるのを禁じ得なかった。

食い詰めて、追剝《おいはぎ》強盗に奔《はし》る浪人を、武士の風上にもおけぬと、心の底から軽《けい》蔑《べつ》してきた。しかし今の相川伊十郎《いや》には、その気持ちがよくわかる。

連中は、ひもじいから、渇きを癒したいから、ただそれだけで罪を犯したのではない。

やり切れぬ世間の不条理や、己を襲った非情な運命に対して、怒ったのだ。

武士はそもそも追剝であり、強盗ではないか。この江戸にしても、元は徳川家の領地ではなかった。他人の物をいかに多く盗むか、それを競い、一番に躍《おど》り出た者が天下人になったに過ぎない。

そのようなことを思いながら歩くうち、日も暮れてきた。

一日歩き回り、疲れた足をどこかで休めたかった。

ふと見ると、砂浜に、廃船が一艘《そう》横たわっていた。近くに寄ると、斜めに倒れた船体に莚《むしろ》が敷かれてあった。時に、近くの漁師や水夫が、ここへ滑りこんで、体を休めるのであろうか――。

荒ぶる心を少し落ち着けようとして、辺りに人影がないのを幸いに、相川は船底にごろりと横になった。

暮れゆく空は、たちまち星空へと変じ、その煌《きら》めきを見つめるうちに睡魔がやって来た。

ままよ眠ってしまえと、相川は人目につかぬよう、莚を頭から被《かぶ》った。

そしてしばらく時が経《た》って――。

相川は、何者かの気配に目が覚めた。

廃船の船底の向こうに二人連れが居て、小声で話しているようだ。

こんな所で寝ている姿を見られたくはない。やり過ごそうと息を殺すうち、耳に入ってくる会話の内容が聞き捨てならぬものだと気付き、相川の体は興奮に包まれた。

古着屋、笠屋と呼び合う二人は、盗賊・弦巻一味の生き残りで、そのお頭しか知らぬ〝お宝〟の隠し場所を見つけたと言うではないか。

暗がりの中、この廃船を目印に、ここで密《ひそ》かに落ち合ったのであろうが、まさかこの船で莚を被った男が寝ているとは思わなかったようだ。

ろくに確かめもせぬとは、まったく油断をしていたとしか言いようがないが、盗賊一味の中でも、大した役目は与えられていない二人なのであろう。それゆえに、お頭の傍に居なかったことで、火付盗賊改の急襲に居合わせることもなかったのに違いない。

そんな二人が、隠し金の在《あ》り処《か》が記された絵図面を握っている――。

咄嗟《とっさ》に、相川の心の内に浮かんだのは、この二人を斬り、絵図面を奪い取ることであった。

――どうせ盗人だ。切取りを働いたとて罰《ばち》も当たるまい。

心の奥底から、魔の囁き声が聞こえてきた。

やがて、古着屋、笠屋は砂浜を後にした。

相川は、頃合を見計らって、そっと廃船から出ると、松林へと入って行く二人の影を確かめた。

切取りを働くのにはおあつらえ向きだ。

四十前。歳はとったが、若き日に修めた神道無念流《しんとうむねん》の剣技は、まだまだ衰えてはいない。

逸《はや》る心を抑えつつ、松林へ入ると、件の二人が揉み合うのが見えた。

醜《みにく》くも、宝の独り占めを企んだ笠屋が、古着屋を匕首で刺し、古着屋はこれに逆襲し、二人は相討ちに倒れてしまったのである。

自らの手を汚さずに済んだ――。

こんなことに喜ぶ自分を浅ましく思いつつも、相川は、まだ運が残されていたものかとほくそ笑み、絵図面を奪って逃げた。

絵図面には、ある寮を示す地図と、台所の床下へ続く地下室への入り方、そこにある蔵への入口の扉が描かれてあった。

寮が、芝牛《うし》町の北方の海辺にひっそりと佇《たたず》む一軒であることはすぐに知れた。

今は空き家になっているという。

相川は、自分と同じく、世捨て人のように暮らす旧知の水原半之丞、北澤直《きたざわなお》人《と》、辻村由次郎《つじむらよしじろう》と語らい、この寮に忍び込み、絵図面の通りに、台所の土間から板間に上がる蹴込《けこみ》の隅を押すと、板間の床が僅かに浮いた。それをめくると、地下に続く梯子《はしご》の段が現れ、蔵の扉まで行きついた。

目指す〝お宝〟は目の前だ。

しかし、鉄の扉には頑丈で複雑な構造をした錠が下ろされていた。

これがどうしても開かない。扉を壊すことなど到底できるわけもない。

早く事を運ばぬと、この寮にいつまでも忍び込んでいるのは危険である。

そして思いついたのが、腕利きの錠前師・庄吉の誘拐であった。

以前、相川の下で奉公をしていた雛助と、水原の小者であった九六が、駕籠屋をしていることは聞いていた。

これを仲間に加え、ここまで事を運んだのだ。

仲間のためにも、もう後戻りはできない。

「一刻ばかりで夜も明けよう。迎えを頼む……」

相川は、庄吉に突きつけた刀を鞘《さや》に納めると、雛助と九六を促した。

「畏まりました……」

二人は、武家奉公の頃の身のこなしに戻って、地下室の梯子段を上って外へと出た。

お種を攫いに行った、北澤直人と辻村由次郎と落ち合い、お種を大八車に乗せてくる手はずになっていた。

お種を質にとれば、庄吉も否応《いやおう》なく、蔵に続く鉄扉の錠をあけることであろう。

――これで無慈悲なことをせずに済む。

どのような自棄を起こすことやしれぬと、庄吉を脅しつけた相川であったが、未《いま》だに、生来の生真面目《きまじめ》さが、抜けきらない。

この生真面目さが、かつて宮仕えをしていた頃、自分の出世をどれだけ妨《さまた》げたことか知れぬというのに――。

しかし、悪いことはやはり出来ぬものである。

たかが老婆の独り暮らし――二階の間借り人は旅に出て留守である。これを攫うことなど何ほどのものでもないと、勇んで出て行った北澤と辻村が、この時点で敢《あ》え無く、留守だと思った間借り人に叩き伏せられているとは……。

五

さて、その頃、お種の家では――。

暗闇からいきなり声をかけられ、振り向いた刹那、昏倒《こんとう》してしまった間抜けな侵入者、北澤直人と辻村由次郎は、それからどれほどかして正気に戻った。

「ひえッ……」

二人は後ろ手に縄を打たれていて、目の前には鬼神の如き、大兵《だいひょう》の男が自分達を見下ろしているのが行灯《あんどん》の明かりの中、認められ、思わずひきつった声をあげた。

一瞬、自分達は死んでいて、閻魔《えんま》の前に引き出されたかのように思えたのだ。

「案ずるな、お前達はまだ死んでおらぬ。今すぐ役人に引き渡すつもりもない。これからおれが聞くことに答えてもらおう」

閻魔と見紛《みまが》う男は松田新兵衛である。

忍び込んだ二人を昏倒させた後、あれこれ計略を巡らせ、縛めた二人を、頃やよしと縁から小庭に落としてやったのだ。

「汝《うぬ》らはいったい何者だ」

縁に腰かけた新兵衛は、鋭い目つきで睨みつけた。

「何者だと問われて、何処の誰だと答える馬鹿はおるまい」

気圧《けお》されつつも、痩身の一人が言葉を返した。この浪人は、北澤直人である。

その横で頷く小太りの方が、辻村由次郎だ。

「ほう、忍び入った足取りは心許無かったが、言うことはなかなかしっかりしているな」

新兵衛はニヤリと笑って、

「ならば問うが、この家の主の娘夫婦を攫ったのは、汝らの仲間だな」

と、今度は鎌をかけてみた。

「し、知らぬ……」

辻村が白《しら》を切ったが、北澤と二人、その表情には、たちまち動揺がはしった。

「庄吉に、いったい何の錠を開けさせようとしているのだ」

庄吉、おみねを攫ったのが、二人の仲間であることを察した新兵衛は、鎌をかけ続ける。

「知らぬ……」

「宝のありかに下ろされた錠か？」

「知らぬ……」

「庄吉が強情をはるゆえ、お種を質にとろうとしたか」

「知らぬ、知らぬ……」

北澤と辻村は、ますます動揺を顕《あらわ》にした。

忍び込んだ時といい、白の切り方といい、悪事に手を染めはしたが、慣れぬことに戸惑っているように見える。

――庄吉とおみねは無事のようだ。

こ奴らは大した悪党ではないと、新兵衛は踏んだ。

「おい、おれを仲間の許へ連れて行け」

脅しつける新兵衛から目をそらし、北澤と辻村は頷き合って、

「斬れ……」

「おれ達は何も言わぬ……」

それぞれ振り絞るように言うと、観念したか目を閉じた。

「ほう、仲間は売らぬか。その心意気はなかなかのもんだな。では盗賊改に引き渡すとするか、あそこの拷問は凄まじいらしいぞ。釘《くぎ》で手足を打ちつけられた

り、背中を海老《えび》のように曲げられたり……。拷問の最中に死んでしまうことも珍しくはないとか……」

「た、たとえ、この身は殺されようとも、何も言わぬ」

「斬れ、斬れと申すに……」

北澤と辻村は、健気《けなげ》にも、何処へ引き渡されようが口は割らぬという気構えを見せているが、その体は小刻みに震えている。

「そうか……」

新兵衛はゆっくりと、大刀を抜き放った。

北澤と辻村の体の震えは、ますます激しくなった。

「うむッ！」

新兵衛の唸《うな》るような掛け声と共に、白刃が薄暗い小庭に煌めいた。

「うッ……！」

と、息を呑んだ北澤と辻村は、恐怖に凍りついたが、新兵衛の刀は、二人に振り下ろされたものの、見事に体を縛めていた縄だけを切断していた。

はらりと解けた縄を見て、北澤と辻村は、その手練《しゅれん》と意外な行動に、しばし木《で》偶《く》のように新兵衛を見た。

「腕は立たぬが、仲間への義理立ては大したものだ。気に入ったぞ」

新兵衛はそんな二人に頬笑んだ。

「おぬしはいったい……」

北澤が、縛られていた腕をさすりながら、やっとのことに口を開いた。

「おれは、ここの二階の間借り人よ」

「旅に出ていると聞いたが……」

「汝らに気取《けど》られずに中へ入ることなど、わけもないことだ」

「我らが忍び入ることを知っていたのか」

「庄吉がいなくなったと聞いて、大方そうくるだろうと、見当をつけていた」

「何故、我らの縛めを解いたのだ」

今度は辻村が訊ねた。

「おれも、仲間に加えてもらおうと思ってな」

「何と……」

二人は、口をあんぐりと開けて、顔を見合った。

「どうやら汝らは、何か儲《もう》け話にありついたようだ。このまま二人を役人に引き渡したとて、二階の六畳一間での浪人暮らしが変わるわけではない。そうではないか」

「それは確かに……」

北澤は神妙に頷いた。横で辻村も同調した。

「汝らは仲間を売ろうとはしなかった。仲間になるには信用がおける。用心にこしたことはないと言って、この家の婆ァさんは今二階で寝ている。ふん縛《じば》るのはわけもない。おれがやるから、仲間に加えてくれ」

「う〜む……」

北澤、辻村は突然のことに頭を抱えた。

「おれは浪人暮らしに嫌気がさした。まとまった金を手にして、どこか遠くでよろしくやりたいのだ。おれの気持ちはわかるだろう」

「それはわかる……。よくわかる……」

辻村は何度も頷いた。

「いいか、よく聞け。おれを仲間にすれば、婆ァさんをすぐに手に入れられる。だが断れば、お前らはここでおれに斬られてあの世行き。お前らの仲間の企みも虚《むな》しくなるということだ。どちらにするべきかは自《おの》ずと知れている。どうだ」

新兵衛は言葉に力を込めた。

北澤と辻村にしてみると、是非もなかった。

この大男は、自分達を、

「仲間になるには信用がおける」

と、言ったが、この男も凶悪なことはやらかさない、情を持ち合わせているように思えた。

悪党同士が、互いの善良性を探り合うとは、まことに滑稽《こっけい》な話ではあるが、報われぬ境遇から脱却したいゆえの悪事で、

〝浪人は相身互《あいみたが》い〟

ということなのであろうか。

「おぬしの言うことを聞き入れるしか道はないようだが、日頃、間借りしている主を裏切って、よいのか」

北澤が問うた。

老婆をかどわかしに来た男に言われたくはないが、

「なに、殺しはせぬ。宝が見つかってありつけたら、祝儀《しゅうぎ》を握らせてやるさ」

新兵衛は、生真面目に答えてやった。

「うむ、ならば、金の高によっては義理を果たしたことになろう」

辻村が得心して、北澤も大きく頷いて見せた。

——こ奴ら、いい奴だな。

こみあげる笑いをこらえ、新兵衛も二人に頷いて見せた。

「では、二階の婆ァさんに縄を打とう」

「やはり縄は打たねばならぬかな」

「あまり、きつく縛らぬようにな」

北澤と辻村が口々に言った。

——どこまでいい奴らなんだ。

感心しつつ、

「婆ァさんを攫った後、どうするつもりだったのだ」

「木箱に入れて、まず、拙者の家に運ぼうと」

辻村が答えた。

「木箱？」

「拙者は、指物《さしもの》の内職をしておってな」

「ああ、それで器用に、裏木戸の門を切ったのか。うまいものだ」

「内職の腕を誉《ほ》められる度《たび》に、虚しくなる……」

「気持ちはわかるが、得手《えて》があるというのは悪いことではない」

「そう思うか？」

「面倒な奴だな。その箱に入れて運べば怪しまれぬと思ったのだな。それでその箱は？」

「裏木戸の外に置いてある」

「すぐに中へ入れろ」

慌てて辻村は、箱を取りに出た。

「奴の家は？」

「三十間堀《さんじっけんぼり》四丁目の表長屋に、拙者と同居致しておる」

「なるほど、そこなら程近い。おあつらえ向きだな」

「そこで夜が明けるのを待ち、大八車を横付けにして運ぶ算段だ」

北澤が少し得意気に話した。

「うむ、悪くない」

辻村が木箱を持ってきた。

細身で小柄なお種を入れるには充分な大きさで、中には、薄物の布団が敷かれてある。

「お前の慈悲深さは大したものだ」

新兵衛に誉められて、辻村ははにかんだ。

よく見ると、北澤といい、まだ二十五、六の若さと思われた。

「よし、ついて来い……」

新兵衛は二人を従え二階へ上がると、そこで眠っているお種を起こした。

「婆ァさん、起きてくれ……」

「何だい先生、何かあったのかい……」

寝惚《ねぼ》け眼《まなこ》をこするお種に、

「命は取らぬが、これからしばし婆ァさんに害を為《な》す。悪く思うな」

新兵衛は、言葉をかけるや、たちまち猿轡《さるぐつわ》をかけ、縄を打ち、これを軽々と担いで木箱に収めた。

お種は声も出なかった。

見事な手際に息を呑む北澤と辻村は、腕の立つ新兵衛を頼りになると思った
――。

「参ろう……。そうだ、おれは松田新兵衛だ」

新兵衛は、二人に木箱を持たせると、裏口から、まだ闇の中、静寂を保つ外へ

と出た。

それから――。

木箱を運ぶ北澤と辻村について、新兵衛は、二人が住む長屋へ、難なく入った。

従来、手先が器用であった辻村は、浪人となった後、長屋で、指物師から頼まれて木箱を作り始めた。

北澤はこれを手伝い、互いに独り者のこと、家のことなどこなしつつ、夫婦のそれではないが、〝一人口は食えぬが二人口は食える〟と、助け合って糊口《ここう》を凌《しの》いできた。

木箱の出来は評判がよかったが、所詮は内職のこと。手が足りない時だけ、急に頼んでくるものだから、間に合わせるために、夜中、木箱を担いで歩く二人の姿は、町の木戸番達も見知っていて、真夜中の通行も怪しまれなかった。

やがて、夜が明け、明け六ツ（午前六時ごろ）となり、大八車を引いた雛助が、九六と共にやって来た。

二人は、首尾よくお種を攫ってきた北澤と辻村にほっとしたが、松田新兵衛といういかにも強そうな侍が仲間に加わったと聞いて、随分と驚いたものだ。

　しかし、元より頭の弱い二人のことだ。

凄腕の旦那が一人加わったことを、無邪気に喜び、お種の入った木箱を、空の木箱と一緒に積みこんで、勇躍、宝のありかへと向かった。

新兵衛は、先に北澤を行かせて、自分は辻村と共に大八車について、件の寮へと向かった。

　北澤を先に行かせたのは、新兵衛という仲間が出来たということを、自分が着くまでに説明させるためである。

　向こうへ着いてから、あれこれ自己紹介するのはとにかく面倒である。それゆえの配慮であった。

　ゆったりと道行きながら、新兵衛は時折、お種が入っている木箱を、とんとんと叩いた。すると、中から、とんとんと叩き返す音が聞こえてくる――。

　大八車に乗せる時に、時折叩くから、無事なら叩き返すよう、そっとお種には伝えてあった。

　そのようにして、新兵衛は南へ歩いた。

「お前達の頭とはどのような男だ」

道中、辻村に訊ねると、

「優しい人ですよ。同輩のことをいつも気にかけて……」

いつしか辻村由次郎の、新兵衛に対する口の利き方が、丁寧なものに変わってきた。

悪ぶってはいるが、北澤も辻村も、本来はまともに宮仕えをしていた侍なのであろう。

「剣の腕も、神道無念流を修めた、なかなかのものです」

「ほう……」

「そこ許も随分遣うが、相……、いや、我らのお頭も負けてはおらぬ……」

辻村は、相川という名前を呑みこんだ。

新兵衛もあえて問わなかった。

連中は、新兵衛がお種の二階の間借り人であることを知っているゆえ、どうせわかることと、自らは名乗ったが、悪党一味に加担するのだ。名は聞かぬ方が、相手も新兵衛を受け入れ易《やす》かろうと思ったのだ。

「それほどの男が、悪事に手を染めるとはな」

「これは悪事ではござらぬ……」

辻村は何か言おうとしたが、それも空《むな》しくなったか、黙りこくった。

新兵衛は、宝のありかもさることながら、この男達がどうして、悪事に手を染めることになったか、それが知りたくて堪《たま》らなくなってきている。

「まあ何でもよい。お頭に会うのが楽しみだ」

新兵衛は、不敵に笑うと、大八車に寄って再び、木箱をとんとんと叩いてみた。

〝とんとん〟

勢いよく返答があった。

車の後を押す九六が、一瞬その音に驚いたが、新兵衛が箱を叩く様子を見て、

「旦那、びっくりさせねえでおくんなさいまし……」

と、人懐っこい笑顔を向けてきた。

雛助といい、この人足二人も悪い奴ではないような……。

——どうなっているのだ。

欲に目が眩《くら》み、俄《にわか》に変心して、お種の誘拐に加わったと見せかけ、庄吉夫婦の救出に向かおうと思い立った新兵衛であったが、凶悪な賊に立ち向かう緊張がどこかへとんでしまっていた。

新兵衛の遊山にでも行くかのような、のんびりとしたその様子を見て、首を傾げている男が居た。

男は、編笠《あみがさ》を被って、新兵衛の後を尾《つ》ける秋月栄三郎――。

新兵衛は、北澤、辻村を昏倒させ縄を打った後、隣の治平、おてる夫婦を、庭の扉から入って起こし、まず、栄三郎を呼びに行ってくれるよう頼んだ。

そして、ほどなく現れた栄三郎と又平に、お種を加え、己が計略を語った。

役人に告げず、まず自らが敵地に乗り込んでみるという新兵衛の策に、

「もっともなことだ」

と、同調した栄三郎は、又平と共に〝八品〟の小庭越しに様子を窺い、新兵衛が二人の賊に活を入れ、あらかじめ打ち合わせてあった手口でお種を縛め、賊を仲間に裏口から外へ出た途端、〝八品〟の勝手口から出て、これを尾けたのである。

――何やら新兵衛、楽しそうに見える。

それに、荷を運ぶ人足風の二人も、新兵衛とあれこれ語っている浪人者にも、凶悪な相が見当たらない。

歩の進め方も、木箱の中に入れられているお種を気遣っているように見える。

——何だこれは。

大八車と新兵衛の一行は、やがて東海道を南へ、金杉橋を渡り、芝田町《たまち》一丁目から薩州蔵屋敷の前を、のんびりと通り過ぎる。

そこで、向こうから、植木職人の姿をした、又平が小走りにやって来た。

又平は、大八車とすれ違うと、最後尾を行く新兵衛の顔を窺った。

新兵衛は、

「心配はいらぬ……」

という風に、にこやかな表情で又平を見てやり過ごした。

又平は、そのまま通り過ぎて、栄三郎に耳打ちをした。

「連中は牛町の手前の浜辺にある寮に向かっておりやす……」

又平は、一足先に宝のありかに向かった北澤を尾けて、その立ち寄り先を見届けて戻ってきたのである。

「寮には怪しい野郎がうろついていたかい」

「いえ、そこは空き家のようで、とにかくひっそりとしておりやすよ」

「どうものんびりしてやがるな……」

「あっしにも何が何やら……」

「いずれにせよ。こいつは役人に報せねえでよかったようだな」

「そうですかねえ。いっそ番屋へつき出していたら、こっちの手間も省けたってもんですよ」

栄三郎は、そば屋〝八品〟の小庭の蔭から、新兵衛と間抜けな侵入者との会話を聞いていた。それから察するに――。

「夢を見たのさ」

「夢を……」

「少しくらい、大目に見てやったっていいじゃねえかよ」

やがて、新兵衛達の姿は、浜辺の道へと消えていった……。

六

「おっ母さん！　大丈夫かい！」

おみねが叫び声をあげた。

「おみね、わたしは大事ないよ。庄吉さんも無事で何よりだったよ……」

寮の地下室に連れて来られたお種は、恐がる様子もなく、おみねと庄吉を気遣った。

「おっ母さん、すまねえ……。おれのせいでこんな目に遭《あ》わせちまってよう……」

庄吉は、お種がどういう経緯でここまで連れて来られたかは、一足先にここへ戻って来た北澤の説明でしか知らないゆえに、その姿を見て、大いに憤《いきどお》った。

そして、松田新兵衛なる間借り人が、仲間に加わったという話を、

「まさか、あの先生が……」

と、まるで信じなかったにもかかわらず、その通りに新兵衛が入って来たのを見て、

「先生……、こりゃあいってえどういうことでえ。見損《みそこ》なったぜ！」

と、食ってかかった。

新兵衛は、すぐには庄吉、おみねを見ずに、まず、首領格であることが一目でわかる、相川伊十郎に会釈した。

北澤から何とはなしに、その人となりを聞いていた相川であったが、金のために俄に変心して、間借りしている家の老婆に縄を打ったという浪人を、随分と警戒していた。

しかし、こうして顔を合わせてみると、素朴で、鍛え抜かれた体軀《たいく》が、いかにも質実剛健な様子を表している新兵衛を、

「この男ならば、凶悪な行いにはしることはなさそうだ」

と、一目で察し、まずは安心した。

——どうやら、お頭の眼鏡にかなったようだ。

脇に居る水原半之丞といい、新兵衛が思った通り、〝出来心〟をおこしてしまった浪人達の集団であることに間違いはない。

「庄吉、おみね……」

新兵衛は、親しい付き合いを続けてきた夫婦に、向き直った。

「こ度のことは悪く思うな。どうしても、金のいることがあってな……」

「何があったって、どんなことがあっても、曲がったことをしては、産んでくれた親に申し訳が立たぬ……。あんたはいつもそう言っていたじゃねえか」

「確かにそう言っていた……」

この言葉に、相川以下六人の俄盗賊は、決まり悪そうに顔を背《そむ》けた。

「そんなら、どうして……。おれは、今でも信じられねえ」

「その産んでくれた親に関わることだ。おれの親父《おやじ》殿が、八王子《はちおうじ》に居ることは、

何度も、おぬしに話したな」

「八王子の親父殿……」

新兵衛の父親はすでに死んでいるはずである。何度もそう聞かされていた。

「何度も話したであろう……」

新兵衛は、再び言った。

「はい、何度も聞きましたが、それがいったいどうしたというんです」

今度は、お種がそう言って、庄吉とおみねに頷いて見せた。

――何か訳がある。

新兵衛とお種の様子を見て、頭のいいおみねは、思いを巡らせて、

「お前さん、聞いてあげようじゃないか」

と、庄吉を見た。

「あ、ああ……」

「その八王子の親父殿が、胸の病に取り憑《つ》かれてしもうてな。医者に見せ、薬を調《とと》えてやるのに、まとまった金がいるのだ」

「それで、心変わりを……」

「その日、その日を暮らせれば、金など無《の》うてもよいと思うていた。だが、こ度

ばかりは人の命も金次第だということを思いしらされた。おぬしがこの蔵の錠を開けさえすれば、おれの親父殿の命が助かる。しかも、これは、盗人共の隠し金、少しくらいこっちへ回してもろうたとて、誰の迷惑にもなるまい。お頭、そうであろう……」

新兵衛は話を相川に振った。

父の病のためだと言う、新兵衛に感じ入った相川は、

「おぬしの申される通りじゃ。実はな、我らは盗人の一味などではない。盗人の宝のありかを偶然、知ることとなり、お上に取られるくらいなら、さんざん冷や飯を食わされてきた我らが頂いてしまおうと思ったのだ。松田氏《うじ》、喜んでおぬしを仲間に迎えるぞ」

と、神妙に頷いた。

相川は、新兵衛の様子を見て、ここは情に訴えて、庄吉に扉の錠を開かせた方がよいと判断したようだ。

新兵衛は、なおも、庄吉、おみねをじっと見つめて、

「庄吉、おみね、お前が婆ァさんを想うように、おれも親父殿の命が大事だ。錠を開けてくれるな」

「お前さん、こうなったら仕方がないよ。開けておあげな。先生みたいな堅物が思いつめたら何をするかわからないよ」

　おみねが、促した。

　新兵衛は、庄吉、おみねの無事を確かめた今、この場でここに居る六人を打ち倒してもよいとは思ったが、万が一、お種、庄吉、おみねに害が及んではならぬと、まず庄吉の縛めを解くことを先行させたのである。

　それに——この蔵の中がどのようになっているかを、開けられぬ錠はないという、庄吉の腕前と共に確かめてみたかった。

「わかりやしたよ……」

　ついに庄吉は頷いた。どうせ開けるしかないと諦《あきら》めていたことだし、おみねの様子も、お種の様子も、新兵衛には何か思惑があるのに違いないと、自分に訴えかけているように思われたのである。

「開けてくれるか。心配するな、開けた後に口封じをするような汚い真似はせぬ。そうであろうな、お頭……」

　新兵衛は、再び相川に話を振った。

「無論のこと……。庄吉の縄を解いてやれ」

相川は、すっかりと新兵衛の威風に引きずられていて、誰が頭かわからないようになってきた。

雛助と九六が、庄吉の縄をほどき、道具を手渡し、灯台を錠の傍へと置き換えた。

「ちぇッ、きつく縛りやがって、指先に力が入らねえや……」

庄吉は、文句を言いながら、錠を見た。

その錠には鍵穴がなかった。

「鍵穴がないようだが、どうするのだ……」

辻村が興味深げに訊ねた。

手先の器用なこの男は、こういうことに興味をそそられるのであろう。

「鍵穴がなけりゃあ、探すのさ」

庄吉は、錠に施されてある牡丹《ぼたん》の絵柄を、注意深く触った。たちまち、左半分の牡丹の装飾がずれて、中から鍵穴が現れた。

相川達は驚きの声をあげた。

「鍵穴が見つかったくれえで驚くんじゃねえよ。ここからが大変だ。こいつは、オランダ渡りの代物《しろもの》だ……」

じっと鍵穴を見つめる庄吉につられて、相川達六人は、錠前に見入った。

その間、お種が、縛められた状態でおみねにすり寄り、耳打ちした。たちまち、明るい表情が浮かんだおみねに、新兵衛はニヤリと笑って見せた。

おめでたい六人は、庄吉の仕事に見入っていて、そんなことにはお構いなしである。

「海老《えび》錠ならあっという間に開くんだが、ちょいと手間がかかりそうだ……」

庄吉は、道具箱から、千枚通しのような、金属製の細い棒状の道具を数本取り出し、鍵穴に差し込み始めた。先端が少し曲がっていたり、庄吉独自の工夫が施された道具である。

「こんな錠は初めて見るな……」

無口な水原が、ぽつりと言った。

相川は小さく笑って頷いた。浪人四人は、かつて錠を扱う仕事に就《つ》いていたのであろうか。それからしばし、一同に沈黙が続いた。

「そう言えば、おぬし、これは悪事ではないとおれに言ったな」

新兵衛は、道中、辻村が言いかけて口ごもった言葉を、錠が開く徒然《つれづれ》に問いかけた。

「悪事でなくて何なのだ。いい答えがあるなら聞かせてくれ」

「それは……」

辻村は、丸い顔を少し赤くして相川を見た。若い辻村を励ますように、相川はにこりと頬笑んだ。辻村はそれに背中を押されるように、

「理不尽にも、召し放された身が、せめてお上に一矢報《いっし》いんと立ち上がったまでのこと」

と、胸を張った。

これに、相川、水原、北澤、さらに、雛助、九六までもが深く相槌をうった。

「理不尽な理由で、お上から禄を奪われ、浪人の身となった……。是非、その経緯を聞きたいものだな」

「ならば某《それがし》が答えよう」

相川が、新兵衛に向き直った。

「我らは、いずれも公儀金奉行の同心として、奉公をしていた。それが、ある日、蔵の内の金が紛失していることが露見し、これを奉行に上申したところ、身に覚えなき罪を負わされ、弁明の機会さえ与えられずに、召し放されたのだ」

「なるほど、奉行が横領した罪を、配下の者になすりつけたのだな」

「いかにも。その後、奉行も罪を問われ、追放の身となった。それでも、我らの帰参は叶わなかった」

「一度下した裁定を覆《くつがえ》すと、裁いた者の落度となるゆえにな」

「お上は我らを見捨てた。微禄に耐え、一途《いちず》に奉公を続けた我らをいとも易く追い払った。この無念さがわかるか」

「ああ、わかる。おれの父親は、小身《しょうしん》の旗本の用人を務めていたが、その主人が身に覚えのない不正に巻きこまれ、役を追われた。それで、親父殿も浪人となった……」

「そうであったか……。お上のすることはまことにもって筋が通らぬ。某とこの者（水原）は、あの二人（雛助、九六）に暇《いとま》を与え妻子とも別れた。おぬしが叩き伏せた二人は、まだ嫁も取らぬ身で浪人となって、内職でその日暮らしを続けているのだ。どうせ、お上が召し上げる盗人の隠し金。これをせめて奪い取って溜飲《りゅういん》を下げる……。これは悪事ではない。我らに残された最後の戦いなのだ。おぬしも悪事に加担したわけではないのだ」

　六人は、新兵衛に訴えるような目を向けてきた。

　話を聞けば考えさせられて、新兵衛は低く唸った。

その時である――。

「ギイーッ」

という錆《さ》び付いた鉄の音と共に、

「しかし何だな。お前さん達はどこまでもついてねえな……」

庄吉の声が響き渡った。

見れば蔵の鉄扉の錠は開けられ、細く開いた扉の向こうを庄吉が覗いていた。

「中は、空っぽだよ」

「何だと……」

相川達六人は、開かれた蔵の扉を押し広げ、どっと中へ雪崩《なだ》れ込んだ。

手燭《てしょく》をかざし、六畳ばかりの蔵の中の隅々を見るに、ただ四方は土壁と鉄扉のみ――放心の体《てい》で、しばし立ちすくんだ。

その間、新兵衛は庄吉に耳打ちをした。

「庄吉、この扉の錠、再び下ろせるか」

「へい、そりゃあすぐに……」

「ならば頼むぞ」

言うや、新兵衛は蔵の鉄扉を、おみねと共にガチャンと閉めた。

おみねの縄目は、いつの間にかこのどさくさに、新兵衛によって解かれていた。

「な、何をする！」

相川達が気付いた時には、蔵の扉の錠は、六人の俄盗賊を呑みこんだままおろされた。

「開けろ！　開けぬか！」

「おのれ！　裏切りよったか！」

六人の絶叫を尻目に、

「婆ァさん、大変な想いをさせたが、無事に二人を取り戻せて何よりだ」

新兵衛は、ただただ頭を下げるお種の肩を優しく叩いた。

「先生、ほんの一時《いっとき》でも、お心を疑っちまって、何とお詫《わ》びを申し上げてよいやら……」

「いやいや、だからこそ、奴らの目をごまかせたのだ。それより庄吉、おぬしの錠前師としての手練は見事なもんだ」

「これくれえ朝飯前ですよ」

「でも先生、蔵の中の連中はどうするんです」

照れて笑う庄吉の横で、おみねが言った。

「さて、どうするかな……」

そこへ、上から、栄三郎が降りてきた。

「うまくいったようだな。それにしても、上に見張りもたてねえで、随分おめでたい奴らだぜ……」

新兵衛が、地下室に入るところを、台所の小窓から見届けた又平は、床に仕掛けられた秘密の出入口を難なく見つけ、栄三郎はそこでさっきから聞き耳を立てていたのである。

「とにかく、上に又平を残して、おれはまず女二人を連れて帰るから、新兵衛、後はお前の思うようにするんだな」

栄三郎は、新兵衛に頰笑《ぶ》むと、お種、おみねを梯子段から上へと逃がして、

「錠前屋、盗人にも三分の理があらあな。お前もぐれた昔があったなら、ここは江戸っ子だ。馬鹿な奴らと笑いとばして、料簡《りょうけん》してやんな」

ぽんと庄吉の肩を叩いて後に続いた。

「旦那がああ仰るなら、どれ、もう一度、錠を開けてやりますか」

叫び疲れたか、すっかりと静かになってしまった蔵の方を見ながら、庄吉は新

兵衛に爽《さわ》やかな顔を向けた。

「待て、その前に奴らに言うことがある」

新兵衛は、それを制して蔵の扉の前へ歩み寄ると、大音声《だいおんじょう》で中の六人に呼びかけた。

「ようく聞け、たわけ者めが！　おれは無理矢理ここへ連れてこられた庄吉夫婦を救うために一芝居打った。二人の無事が知れた上は、すぐにでもお前達を叩き伏せることもできた。だが、それをしなかったのは、お前達がただの盗人ではない、優しい心を持ち合わせた男達だと気付いたからだ。それが何故、罪咎《つみとが》のない年寄りまでを攫うに至ったか、その理由を知りたくなったからだ」

「理由を聞いてどう思った！」

相川の返答が聞こえてきた。

「許せぬ奴らと思ったぞ！」

新兵衛は即座に言った。

「何だと……」

「話を聞けば、お前達は気の毒だ。お上に一矢報いたいという思いもわからぬではない。だが、世の中には、どのような酷《ひど》い目に遭おうが、理不尽《りふじん》な仕打ちを受けようが、健気に、真っ当に生きようとしている者もいる。お前達は、そんな者達の美しい心を踏みにじろうとした。あれこれ理由をつけても、盗人の上前《うわまえ》を、人攫いまでしてはねようとした行いは断じて許されぬ。まして、お前達のような、人のいい男が悪事にはしるとは、残念でならぬ。それゆえ、おれは許せぬ奴らと思うたまで。言いたいことがあるなら言ってみろ！」

新兵衛の言葉に、蔵の向こうはしばし沈黙した。薄暗い地下室の中は、言い知れぬ厳《おごそ》かな空気に支配され、庄吉の目には感動の涙さえ滲《にじ》んでいる。

「おぬしの言うことは、もっともじゃ！」

やがて、蔵の中から相川の声がした。

「庄吉殿、おみね殿、お種殿……。まことにすまぬことをした、許してくれ……」

その声音に濁りはなかった。

「嬶《かか》ァとおっ母さんはもう帰ったよ……」

庄吉はそう答えると、今度はたちまち蔵の錠を開けた。

中では、相川を中心に、水原、北澤、辻村、雛助、九六が威儀を正して座っていた。

「松田新兵衛殿、最早《もはや》、何も言うことはござらぬ。この上は貴殿の思うようになされよ。ただ、こ度のことは、某が皆をそそのかしたこと。何卒《なにとぞ》武士の情けをもって、この五人のことは目を瞑《つぶ》ってやって頂きたい」

相川は静かに言った。

それを聞いて、他の五人は色めき立ち、罪を受けるなら、我らも一緒だと、水原、北澤、辻村は口々に言い立て、雛助と九六は元の駕籠屋に戻してやってもらいたいと願う——それに対して、元は軽輩の身とはいえ、罪は同じだと雛助、九六も一歩もひかぬ。

「うるせえよ！　許してやるから静かにしろよ。先生、あっしは一足お先に！」

その様子を見て、庄吉は六人に対する腹立ちも消え、地下室を出た。

「しからば……」

途端、新兵衛の腰の一刀が、閃光《せんこう》を放ったかと思うと、相川の頭上、一寸の所に振り下ろされ、ぴたりと止まった。

新兵衛の目にも留まらぬ早業《はやわざ》に、相川以下六人は、その場で固まった。

「この次、不埒《ふらち》な真似をすると、首を落とす。おれが言いたいのはそれだけだ」

静かにそう言い放つと、新兵衛はそのまま刀を鞘に納めた。

「ま、待ってくれ。では、我らのことを……」

「一番大変な想いをさせられた庄吉が許すと言ったのだ。この上、おれがお前達に言うことはない」

「いや、しかし……」

「その上に、お前達は何も取らなかった。空き家に勝手に入りこんで遊んだだけのことだ」

「見逃して下さるか……」

「男なら、武士なら、もっと大きなことをしてお上を見返してやれ。その前に、庄吉の手間賃と、婆ァさんの裏木戸の閂の埋め合わせはしてもらうぞ」

新兵衛はニヤリと笑うと、地下室を出て、又平と共に、寮を後にした。その背後からは六人の男達の嗚咽《おえつ》が聞こえた――。

時刻は昼下がりとなっていて、温かな陽光が眩《まぶ》しかった。

表通りに出ると、通り行く人々の足取りも、この陽気にどこか浮かれていて、

「おう、目黒《めぐろ》の瀧泉寺《りゆうせんじ》の富《とみ》は買ったのかい」

「ああ、五百両当たるつもりが、すっからかんだ」

「ついてねえな」

「当たりゃあよう、洒落《しゃれ》た仕舞屋《しもたや》でも借りて、朝風呂、丹前《たんぜん》、金火鉢、何もしねえで暮らすつもりだったのによう……」

などと、富籤《とみくじ》にはずれた町の若い衆が、大声で笑い合いながら、新兵衛の横を小走りに通り過ぎた。

「まったく、いい男が、何もせずに暮らしたいとは困ったものだ……」

新兵衛はしかめっ面でまた、歩き出した。ふっと笑って又平が従う。

それを、向こうの茶屋の床几《しょうぎ》に腰かけた、栄三郎、お種、おみね、三人に追いついた庄吉が、のんびりと草団子を頬張り待ち受けていた。

「何でえ、手習いの先生じゃねえか。あれ、お前は錠前屋の庄吉じゃあねえのかい」

そこへ、南町の同心・前原弥十郎が通りがかって、たちまちけたたましい声をたてた。

この男が、間の悪い時に登場するのは相変わらずだ。

「へへ、旦那、お勤め御苦労さんでごぜえやす……」

ぐれていた頃は何度か世話になった弥十郎である。庄吉は首をすくめて、

「嬶ァとおっ母さんとで、ちょいと梅見に……」

「何が梅見だよ。お前が夫婦して居なくなったって、婆ァさんが心配していると聞いたが、婆ァさん、それ見ろい、ぴんぴんしてやがるじゃねえか」

「あいすみませんでございます」

「こっちは忙しいんだ、騒ぎたてねえでくれよ。だいたい栄三先生よう、お前がいけねえんだよ……」

「旦那、そんなことより、盗人の弦巻一味はその後どうなんです」

説教は御免だと栄三郎は、例の如く話をすり替えた。

「弦巻一味？　そんなことお前に言えるかよ。だが、ひとつだけ教えてやろう」

「何だ、教えてくれるんですかい……」

「奴らが盗み出したお宝が、荷船の中から見つかった」

「へえ……」

「奴ら、どこかへそれを隠そうとしていたんだろうなあ」

「その金は幾らあったんですかい」

「まあ、一番富が十遍当たったくれえのものだが、おれ達にはどうだっていいことさ」

「まったくで……」

「奴らの残党が、また何かやらかさなきゃあいいがなあ……」

「物騒な世の中でございますねえ……」

お種がしみじみと言った。

「婆ァさんは心配いらねえよ。お前の家の二階には、それ、あの仁王《におう》様が居るじゃねえか」

弥十郎が顎《あご》をしゃくった。

ふと見ると、又平を従えた、松田新兵衛の勇姿がすぐそこにあった。

「それもまったくで。お種さん、ほんにお前は幸せな年寄りだなあ……」

大仰《おおぎょう》に頷いて見せる栄三郎を見て、庄吉、おみね、お種は愉快に笑った。

陽射《ひざ》しはさらに強くなって、歩み寄る新兵衛を神々《こうごう》しく照らしていた。

第三話

千の倉より

一

「先生、また、あの坊主が来てますぜ……」

手習い子達が書いた字を見て廻《まわ》る栄三郎に、又平が囁《ささや》いた。

格子窓の方を見ると、十歳くらいの子供の顔半分が、表通りから覗《のぞ》いている。

角張った顔を澄ました様子は、どこか小憎らしいが、にっこりと笑いかけてやると、たちまち小猿のような、愛敬《あいきよう》のある表情となる。

少し前から、〝手習い道場〟を、この子供は覗きに来るようになっていた。

手習い師匠である秋月栄三郎の講話などは、特に真剣な顔付きで聞いている。

「中へ入るように言ってやりましょうか……」

又平が格子窓へと歩み寄ると、子供の顔は消えて、窓の外には桜ばかりが舞い散っていた。

「又平、あの子はそっとしておいてやれ」

あのように、外からそっと窺《うかが》っているのが好きなのだと、栄三郎は言った。

様子を見るに、商店の小僧が道草を食っているという風でもない。

その辺の子供達が手習いに励んでいる時に、外に居るのである。何か理由があるのだろう——栄三郎の言葉にその意が含まれていることに気付いて、

「こいつは余計なことでした……」

又平は、頭を掻《か》いた。

天涯孤独で、物心がついた時には、軽業《かるわざ》芸人の一座で暮らしていた又平も、昔は、手習い所が珍しくて、外から覗いたこともあった。

だが、中へは到底入ることなど出来なかったものだ。

「もう来ねえですかねえ」

「いや、そういう子でもねえだろうよ。とにかく、又平の優しい気持ちは伝わったはずだ。気にすることもねえやな……」

栄三郎は小さく笑って、道場を見渡した。

初午《はつうま》の翌日から、新たに入門してきた子供を加えて、手習い子は五十人を超えた。

気儘《きまま》に暮らしたい栄三郎にとっては、少しばかり荷が重い人数であった。

どういうわけか、手習い道場に来る子供の数は増えている。

——子供に好かれるより、女に好かれたいもんだ。

師匠はというと、内心こんな不埒《ふらち》なことを考えているというのに……。

その翌日。栄三郎の予想通り、件《くだん》の子供は、またやって来た。

この日、手習いは休みで、栄三郎と又平は、道場へ出て、武者窓から裏手の露地に咲く桜の花を眺めながら、朝の茶粥《ちゃがゆ》を食べていた。

「ちょっとばかり趣向を変えるだけで、食い飽きた茶粥もうめえもんだな……」

などと言って、栄三郎が二膳を平らげた時、又平が表の格子窓の方を指して、

「やっぱり来ましたねえ……」

と、頬笑《ほほえ》んだ。

向こうの方から、こちらへ向かってやって来る子供の、角張った顔が見えた。

真面目《まじめ》くさった表情が何とも味がある。

その辺りの子供たちと同じような、丈の短い着物に、胸当てをつけているのが少し風変わりである。

栄三郎は、さっと表へ出て、格子窓に寄りつこうとする子供に声をかけた。

「おう、兄《あに》さん、ちょいと寄っていかねえか」

大人に話しかけるような口調の栄三郎に、少し面喰《めんく》らいながらも、

「いや、いいよ。ここへ入るのに、親たちは銭を出しているのだろ。あいにくお

いらには親がいないから、そういうことができないんでね」

と、ませた言葉を返してきた。

余《よ》の子供が言うと、

「生意気を言うねえ」

でこのひとつもはたいてやりたいが、この子はそれなりに世の中を渡っている
と見えて、言葉に妙な説得力があり、僻《ひが》んだ響きもない。

「気にすることはねえ。今日は手習いが休みの日だ」

「なんだ、無駄足を踏んじまったか」

「というわけで、こっちは暇《ひま》なんだ、ちょっと付き合え」

「おいらもあれこれと忙しいんだよ」

「何言ってやがんでえ、日頃はただでおれの話を聞いているんだろう。義理を果
たせねえで男と言えるかい」

「そう言われては面目《めんぼく》がねえや。それじゃあ少しだけ……」

「お前の名は？」

「千吉《せんきち》！」

一人前に扱ってくれる栄三郎が、大好きになったようだ。

千吉は、満面の笑みを角張った顔に浮かべた。大人びた口を利《き》いても、その表情は、愛敬のある小猿そのものだ。

道場へ千吉を連れてくる栄三郎を見て、やり取りを聞いていた又平は、

「旦那は誰とでも、すぐにこうやって仲良くなっちまう。大《てえ》したもんだ……」

と、茶粥の膳を片付けた。

手習いが休みの時は、呼び方が〝先生〟から〝旦那〟になるこのおかしな門人にも、千吉はたちまち親しみを持って、

「朝飯を食っていたのかい、じゃまをしてしまったね」

「ちょうど食い終わったところさ。お前はちゃんと食ったのかい」

「ああ、飯を炊《た》いて食った。親はいないけど三度の飯にはありついているよ」

「そうかい、お前は甲斐性《かいしょう》もんだ。だがな、朝は茶粥に限るぜ……」

「茶がゆ？　うまいのかい」

「ああ、飯は昼間に炊いて、しっかり食う。夜は残った冷や飯で茶漬だ。それで翌朝は、固くなった飯をさらえて、出涸《でが》らしの茶っ葉と一緒に炊くんだよ」

「それはすごいや！　まるで無駄ってものがないや」

「まあ、毎日飯を炊いているわけじゃあねえが、これもみんな、そこの旦那に教

わったのさ。へ、へ、お前もやってみな……」

又平も、栄三郎に倣《なら》い、弟分に話すようにして、台所へ入った。

「まあ、かけなよ……」

栄三郎に勧められて、道場の上がり框《かまち》に腰を下ろした千吉は、

「先生、ありがとうございました。いいことを聞かせてもらったよ」

と、目を輝かせ、今、又平から教わった飯の炊き方、粥の炊き方を、頭の中に刻み込むように、何度も頷《うなず》いた。

「兄さんは、学問が好きかい」

「いや、先生の話がおもしろいから……」

「おれの話なんて大したもんでもねえよ。お前は頭が良さそうだ。手前《てめえ》から何か学ぼうなんて見上げたもんだ。いっそ、昌平坂《しょうへいざか》の学問所にでも行ってみるかい」

「昌平坂……。ああ、聞いたことはあるけど、あそこは、身分の高いお侍が行くところだろ」

「いや、皆、そう思っているが、そうじゃねえんだ」

幕府官営の昌平坂学問所では、主に三つの朱子学《しゅしがく》の講義が行われていた。旗本、御家人に、大名の子息が対象の御座敷講義。学寮に入ることを許された〝寄

宿稽古人《けいこ》〟なる、幕臣の秀才が対象（その他の幕臣、諸藩士も願い出れば許された）である稽古所講義。そして、陪臣《ばいしん》、浪人のみならず、百姓、町人にまで開放された仰高門日講《ぎょうこうもんにっこう》である。

天明《てんめい》七年（一七八七）に、寛政《かんせい》の改革に着手した、時の老中・松平定信《まつだいらさだのぶ》によって始められた仰高門日講――これなら、千吉にも受けられぬことはないと、栄三郎は言うのだ。

「へえ？　そんなありがたいものが、二十年ほども前からできていたんだねえ……」

「あんな所には、身分の低い者は行けねえなんて、端《はな》から思い込むような馬鹿になるなよ。これからは、侍も町人もねえ時代が必ずやってくるんだ」

「そうなったらいいねえ……。でも、やっぱりおいらには縁の無いところだよ。これでも、七つになる妹を食わせていかないといけない身でね」

どこかの親爺《おやじ》のように溜息《ためいき》をつく千吉を見て、栄三郎は大いに笑った。

「先生、笑いごとじゃあないよ」

「すまねえ、お前があんまり大人びたことを言うものだから、つい笑っちまったよ。妹は何というんだ」

「おはる」

「おはるか、いい名前だな。で、二人で住んでいるのかい」

「ああ、稲荷橋《いなり》の南っ方《かた》にある、銀色《ぎんいろ》長屋にね」

「銀色長屋とは景気のいい名だな」

「なめくじが這《は》った跡が銀色に光っているから、そう呼ばれているんだ」

「そっちの銀色か……」

「ここからはすぐ近くだから、一度寄っておくれよ」

「気はすすまねえが、そうさしてもらうよ」

「長屋の皆はいい人だよ。おっ母《か》さんが死んでから、身寄りのないおいらとおはるによくしてくれるんだ。でも、皆、貧乏だから、食い扶持《ぶち》までは面倒をかけられない……」

「で、お前は立派に稼いで今朝もちゃあんと、手前で飯を炊いたのか」

「まあね……」

「その合間に、ここの窓から手習いの様子を眺めているんだから、ますます大したもんだ。おう、又平！　頂き物の干菓子があっただろう、持ってきてやんな」

「へい、もう用意をしておりやすよ」

又平は台所から、茶瓶《ちゃびん》に湯呑《ゆの》み茶碗《ぢゃわん》、干菓子を載せた皿を盆で運んで来た。

「楽しい話を聞かせてくれた礼だ。まあ、食べてくんな」

「こいつはうまそうだ。いただきます……！」

そこは子供のこと、甘い物を前にして、千吉の顔は綻《ほころ》んだ。

さっと手を伸ばして菓子を口まで持ってきたところで、千吉はしかしその手を止めた。

「どうかしたかい？」

又平は首を傾《かし》げて千吉を見た。

「いけねえ……。急ぎの用をうっかりと忘れていたよ。これ、もらっていくね。ありがとうございました！」

千吉は手にした菓子を己《おの》が手拭《てぬぐ》いに包むと、栄三郎と又平に、にっこり笑って道場を走り出た。

「忙しい坊主だなあ……。茶の一杯、飲んで行きゃあいいのに」

見送る又平の視界から、たちまち千吉の姿は彼方《かなた》へと消えた。

「いや、こいつは気が回らなかったぜ……」

栄三郎は、はたと思い当たって立ち上がった。

「どうかしましたかい……」

「又平、干菓子を箱ごとくんな」

「へい、承知致しやしたが、どうするんです」

「千吉は、今の菓子を妹に持って帰ったのに違《ちげ》えねえ」

「なるほど……。そういうことか」

「これは、おはるの分だと、初めから渡してやりゃあよかった。これから追いかけて、銀色長屋とやらに行ってみるよ」

「あっしが行って参りやしょうか」

「いや、あの兄さんが、どんな風に暮らしているかこの目で見てみてえのさ」

「旦那、ひょっとして、目をつけなさいやしたね」

又平は意味あり気《げ》に、ニヤリと笑った。

「何でもいいから、菓子をよこしな」

「へい、ちょいとお待ちを」

すぐに又平が、台所から、干菓子の入った折箱を持って来た時であった。

「今日は休みかい……」

春の陽気を楽しむように、南町の廻り方同心・前原弥十郎が入って来た。

「おう、そいつは〝宇治《うじ》屋の落雁《らくがん》〟じゃねえのか、又平、お前、おれの好物をよう覚えていてくれたな……」

弥十郎が手を伸ばす前に、又平から菓子折を受け取ると、

「前原の旦那、生憎《あいにく》これから出かけねえといけねえんで……」

栄三郎は、お前に食わせる菓子はねえやと、内心叫びながら、愛想笑いを浮かべた。

「そうかい、お前とは何だかいつも、すれ違いだなあ」

「元々、縁がねえんでしょうねえ」

「本当はおれを避けているんじゃねえのか……」

「へへへ……」

「違うって言えよ……」

「ちょいと急いでますんで」

「まあいいや。ひとつ聞きてえことがあったんだ。お前、御奉行の御屋敷に、花見に来いと呼ばれたって本当か」

「誰がそんなことを……」

「風の噂《うわさ》だよ」

「根岸《ねぎし》様の御屋敷に、まさかおれなんかが……」

「そうか、そりゃあそうだろうな。このおれだって呼んで頂いたことがねえのに、お前なんかが呼ばれるわけはねえやな。うん、そうだと思っていたよ。だが、もし呼ばれるようなことがあったら、この前原弥十郎がどれだけ町の子供達のことを気にかけているかってことを一言御奉行に……」

固太りの体を揺らしながら土間を行ったり来たりするうちに、栄三郎の姿は消えていた。

「おい、栄三……。まったく愛想のねえ野郎だな……」

――今度御奉行に会ったら、お前の説教が煩《わずら》わしいって言ってやらあ。

道場を出た栄三郎は、稲荷橋の方へと向かっていた。

南町奉行・根岸肥前守《ひぜんのかみ》の屋敷に呼ばれたのは本当のことである。手習い道場の地主である、呉服商・田辺屋宗右衛門を通じて声がかかり、その場である男と引き合わされ、ある頼み事を受けたのである。

――だから、お前なんかにかかずらっていられねえんだよ。

今は、千吉が気にかかって仕方のない栄三郎であった。それは〝ある頼み事〟に関わることでもあったのだ――。

二

真福寺橋《しんぷくじ》を渡って少し行くと、栄三郎はすぐに千吉に追いついた。

「おう、千吉つぁん、景気はどうでえ」

「ここんとこさっぱりで、また何かあったら頼みますよ」

所々で立ち止まっては、こんな風に小店《こだな》の主《あるじ》達とやり取りをしているからだ。

受け答えもなかなか堂に入っていて、一端《いっぱし》の〝顔〟である。

栄三郎は、そっと尾《つ》けて、千吉の話しぶりを楽しんだ。

千吉は一軒の菓子屋の前で立ち止まった。そこは老夫婦二人が営む小店で、今しも餅屋《もちや》の若い衆が搗《つ》きたての餅を納めに来ていた。

「毎度、餅をお届けに参りました……」

「御苦労さんだねえ。婆《ば》ァさん、目方を量って、お代を払ってあげておくれ」

「はい、はい……」

と、いつものことのように、老主人に言われて老婆が餅を秤《はかり》にかけた。

搗きたての餅からは湯気がもうもうと立っている。

「それじゃあ、量り売りにならないよ……」

ここで千吉が口を挟んだ。

「何でえ坊主、お前、何か文句があるってえのかい」

若い衆が口をとがらせた。

「だって、搗きたての餅は湯気が溜《たま》っている分、重いじゃないか」

「なるほど、そう言やあそうだねえ」

菓子屋の主人は感心して頷いた。

「婆ァさん、今度からは、少し冷ましてから持ってきてもらおうか」

「そうしましょう……」

これには餅屋も返す言葉がなく、決まり悪そうに、

「坊主、余計なこと言うんじゃねえよ……」

と、頭を掻いた。

「損して得とれって言葉があるじゃないか。うちは、湯気を冷ましてから餅を秤にかけさせてもらいます……。そう言って回れば、兄ィの店の評判があがるよ」

千吉はにこやかに返した。

「くそったれめ、生意気なことを吐《ぬ》かしやがって。だが坊主、お前の言うことは

道理だな。今度からそうするよ」

餅屋はそう言って笑った。

「お前、名は？」

「千吉！」

「覚えておくぜ」

「どれ、今の駄賃をあげよう」

菓子屋の主が、千吉の肩を撫《な》でた。

「いえ、また今度、困った時に何か仕事をさせて下さい」

爽《さわ》やかな笑みを残して、呆気《あっけ》にとられる大人達を尻目に、千吉はまた歩き出した。

——こいつはますますおもしろい。

後を尾ける栄三郎は、心が弾《はず》んだ。

餅屋の若い衆が言うように、まったく、くそったれの生意気ながきであるが、どういうわけか千吉が語る知恵は、すんなりと大人の胸に入ってくる。

しかも、何とも楽しい思いにさせられるではないか。

——今度は何だ。

千吉、次は商店を新築する普請場《ふしんば》で立ち止まって、大工の棟梁《とうりよう》にニコリと頬笑んだ。

「おう、千吉かい、そろそろ来るんじゃねえかと思っていたぜ」

「お宝を頂きにあがりました」

「あるだけ持って行ってくんな」

「はい！」

元気よく返事をすると、千吉は、大工達の間をするすると駆け回り、普請場に落ちている木片を拾って、それを脱いだ胸当てでくるんだ。

どうやら、木片を集めて屑屋《くずや》に売るらしい。

胸当てをとると、着物の継ぎが幾《いく》つも明らかになった。

——なるほど、それで胸当てをしているのだな。

栄三郎の見るところ、千吉にとって胸当ては、着物の継ぎ当てを隠す意味で——いつどこでも働くことができるという意味で——時には物を入れる袋になるという意味で、日常欠かせないものなのであろう。

それは、常に戦場に居るという覚悟を怠《おこた》らぬ武士の心得のようでもある。

「ありがとうございました……」

やがて、木片を拾い終わると、これをくるんだ胸当てを提《さ》げて、千吉は棟梁にぺこりと頭を下げた。

この間、辺りを箒《ほうき》で掃き清めることも忘れてはいない。

「こっちこそありがとうよ。千吉、お前が来ると、そこかしこと片付いて、気持ちがいいや。また頼んだぜ」

これに棟梁も笑顔で応《こた》えた。

――この棟梁もいい男だなあ。

千吉とは顔馴染《なじ》みで、その事情をわかっているのであろう。木片を拾って糧《かて》にする子供が、卑屈な思いをせぬように、

「また頼んだぜ」

と、送り出してやるのだ。

見上げれば道の脇に満開の桜――。

栄三郎は、ほのぼのと良い心持ちになってきた。

それから千吉は、稲荷橋の手前で、南方の路地へ入った。

ところが、そこで待ち受けていた何者かに、いきなり腰の辺りを蹴《け》られて、その場に屈《かが》み込んだ。

千吉を待ち伏せしていたのは、千吉より歳《とし》がひとつふたつ上の、大柄の悪童であった。

子分を二人従えている様子を見るに、この辺のガキ大将なのであろう。

鼻の頭を黒く汚した、いかにも腕白そうなその悪童は、憎らしい顔を向けると、

「おい、手前はどうして蹴られたか、わかっているな」

と、千吉に凄《すご》んだ。

「この木屑の分け前を、お前に渡さないからかい」

千吉は、痛みをこらえ、唸《うな》るように答えた。

どうやら、悪童は自分の縄張り内で、木屑を拾い銭に替えている〝味な野郎〟がいることを知って、何度となく所場代を渡せと迫ったが、千吉はこれに応じてこなかったようである。

「手前、わかっているってことは、このとうけんさまをこけにしやがったってことだな……」

どこで覚えたか、こいつはなかなか堂に入った強請《ゆす》り方をする。

そういえば、以前、手習い道場で年長の竹造《たけぞう》が、南八丁堀界隈《はっちょうぼりかいわい》には、

「唐犬《とうけん》と呼ばれてる、たちの悪い奴《やつ》がいるから気をつけろよ……」

などと、訳知り顔に話していたのを栄三郎は思い出した。

――こいつはいけねえな。

物蔭に隠れて見守る栄三郎は、助け船を出してやろうかと思ったが、千吉がここをどう乗り切るかを見てみたかった。

「こけにしたわけじゃないよ……」

千吉はゆっくりと立ち上がると、木片をくるんだ胸当てを手に唐犬の傍《そば》へと歩み寄った。

「木屑がほしけりゃあ、あげるよ……」

千吉のしおらしい様子に、唐犬はさらに図にのって、

「馬鹿野郎、そんなものはいらねえや。それを銭に替えてよこしな……」

千吉の顔を見下げながら、自らも近寄って、睨《にら》みつけた。しかし、次の瞬間
――。

「ふざけるな!」

大喝するや、千吉は下から唐犬の顔面に頭突きを入れた。

「いてえ……!」

いきなりの反撃に、唐犬は顔を手で押さえ棒立ちになった。

「おれの銭は、お前らの小遣いとは、わけがちがうんだよ！」

千吉は叫びながら、凄《すさ》まじい勢いで、ボカスカと唐犬を殴りつけた。

——よし！　やるじゃねえか。

栄三郎は、興奮に手に汗を握った。

千吉の勢いに呑まれて、唐犬の子分二人は、何もできないでいた。

「うわァーッ！」

唐犬は、自分の鼻血に染まった両の手の平を見て、泣き叫んで逃げ出した。

子分二人もこれに続いた。

日頃、他人に乱暴を働く者ほど、打たれ弱いことを千吉は肌で知っているようだ。

「あんなやつに、まけてたまるか……」

千吉は、懐《ふところ》から手拭いに包んだ干菓子を取り出して、崩れていないのを確かめると、にっこりと笑って再びそれを収め、胸当てにくるんだ木片の把《たば》を拾い上げ、足早に歩き出した。

すぐそこに、千吉の言う銀色長屋の木戸があった。

なるほど、銀色の筋を残すなめくじが、いかにも好みそうな棟割り長屋である。

真昼というのに陽は射《さ》さず、路地の中央をはしるどぶ板周辺は、じめじめとぬかるんでいる。

表通りに建つ家屋が二階建てで、四方をそれに囲まれた裏長屋は平屋であるゆえ、このような環境が生まれてしまうのであるが、そのかわり、ここの住民達はすこぶる明るい。

「千吉つぁん、木屑は大漁かい」

「うちの宿六《やどろく》を弟子にしてやっておくれよ」

「何かいい儲《もう》け話はないかい？」

などと、女房達は口々に、帰ってきた千吉に陽気な声をかけていく。

女房達の間を駆け回りながら、水仕事などを手伝っている童女が、千吉の顔を見るや、

「兄ちゃん、おかえり！」

と、愛らしい笑みを浮かべた。

この娘が妹のおはるなのであろう。千吉の角張った顔に似ず、ふっくらとした

丸顔の器量良しである。

日頃、幼い兄妹を何くれとなく面倒を見てくれている女房達の手助けをしようと、小さな体で奮闘していた。

働き者であるところは、兄と同じだ。

千吉は、おはるの手を引いて、三畳一間の兄妹の家へ入ると、出入口に積んである木屑に今日の分を加え、

「おはる、お手伝いをしていた、ごほうびをあげよう」

大事に手拭いに包んで持って帰った、件の干菓子を、紅葉《もみじ》のようなおはるの手に載せてやった。

「うわァー、おいしそう」

「お茶をいれてあげるから、お食べ……」

「ありがとう！　でも、兄ちゃんは……」

「兄ちゃんは、もう食べたからいいんだよ」

千吉は妹に、例の小猿のような笑みを向けた。その千吉の鼻先に、干菓子の詰まった折箱が突如として差し出された。

栄三郎が入って来たのである。

「先生……！」

思わぬ栄三郎の登場に、千吉は目を丸くした。

「お前に土産《みやげ》を持たすのを忘れていたよ。いい大人が気が利かねえっていうのは、恥ずかしいことだ。さあ、いっぺえ食ってくれ」

「ありがとう……。本当は食べたかったんだ……」

千吉の大人びた表情が、たちまち無邪気な子供のものになった。

この変化が、千吉の魅力をいっそう引き立てているのだが、もちろん、それは計算ずくではない。

「おはる……」

千吉は菓子をひとつ手に取って、
目をぱちくりさせて栄三郎を見ている妹を促《うなが》して、

「いただきます！」

と、ぱくりと食べた。

「いただきます！」

おはるもこれに倣《なら》った。

「おいしい……」

兄妹は、栄三郎に満面の笑みを向けた。

「うめえか……。そうか、そいつはよかった」

この菓子を作った者に、千吉とおはるの姿を見せてやりたいと、栄三郎は思った。

「それにしても千吉、お前、知恵ばかりかと思ったら、度胸と腕っ節も大したもんじゃねえか……」

ぽんと栄三郎に肩をたたかれて、

「何だ、先生、見てたのかい。いやだなあ、助けてくれたらいいのに。あのとうけんは、おっかない奴だけど、こちとら生活《くらし》がかかっているんでねえ。負けちゃあいられねえんですよ……」

菓子を頬張る千吉の口調が、たちまち大人びたものと変わった。

三

「それがなあ、お染、大したもんじゃあねえか。千吉が集めた木屑が、二百文《もん》で売れたんだぞ」

「そいつはいい値がついたねえ……」

「引き取りに来た屑屋が言うには、なかなかいい材木が混じっていたらしいぜ」

「集めた木屑でお箸《はし》を作って、一儲けしたって人を聞いたことがあるけど、そんな所に持って行くのだろうね」

「馴染みの棟梁が、いい所を切っておいてくれるんだろうな」

「それじゃあ魚屋じゃないか……」

「妹の足に腫《は》れ物ができているからって、千吉はどうしたと思う」

「知らないよ」

「どくだみの葉を摘《つ》んで来て、これを火で焙《あぶ》って、手拭いで巻いてやったんだ。千吉はそんなことまで知っているんだぞ。どうだ、参ったか」

「はいはい、参りましたよ」

秋月栄三郎が、千吉の後を追って〝銀色長屋〟を訪ねてから三日が経《た》った夜のこと――。

栄三郎は、居酒屋〝そめじ〟で、女将《おかみ》のお染相手に、千吉の話を肴《さかな》に一人で盛り上がっていた。

ここ三日ほど――お染は、深川辰巳《たつみ》芸者だった頃の妹分である竹八《たけはち》に、花見に誘われたり、贔屓《ひいき》の席に呼び出されたりで、店を閉めていた。

千吉の話を誰かれとなくしたくて堪《たま》らなかった栄三郎は、つい熱がこもってしまったのである。

この三日の間も、千吉はいつものように、手習い道場の講義を覗きに来た。

千吉に聞かせてやろうと思うと、栄三郎の話す口調も、随分《ずいぶん》と熱が入ったものである。

かと言って、千吉とは窓越しににっこりと会釈《えしやく》を交わすだけで、特別に言葉はかけなかった。

こういう大人の暮らしを送る子供には、それなりの間をあけてやった方がいいと思ったのである。

それでも、千吉のことが気になる栄三郎は、又平に、その生《お》い立ちを詳しく調べるよう頼んでいた。

少しばかり親しくなったからといって、あれこれ過去を問うのも憚《はばか》られたし、浪人風体《ふうてい》の身が、周囲の住人に聞いて回って、何事かと、心配をかけてもいけない……。

ここは、又平に任せたのである。

何よりも気になったのは、昨日のこと。

ひとしきり、栄三郎が例の如《ごと》く、御伽噺《おとぎばなし》に己が解釈を付け加えて、面白おかしく語るのを聞いた後、千吉はにっこりと頬笑むと立ち去った。

一息入れて、栄三郎は、今まで千吉が張り付いていた格子窓の傍に立ち、その去り行く姿を見送っていたのだが、通りがかりの三人連れに、千吉が呼び止められる様子を認めた。

千吉を呼び止めたのは、三十過ぎの商家の主風で、身形《みなり》も良くなかなかの偉《い》丈夫《じょうふ》である。

少し男伊達《おとこだて》を気取っているのか、遊び人風の男を従えて恰好《かっこう》をつけ、懐手《ふところで》をしていた。

「おう、千吉、お前、生きていたのかい。こいつはめでてえや」

男は、千吉を蔑《さげす》むように見下すと、

「腹が減ったら台所でも覗きな、飯くれえ恵んでやるからよ」

そう言い捨てて、肩で風切るように立ち去った。

――嫌な野郎だ。

むかっ腹を立てつつ、千吉を見ると、いかにも悔しそうに奥歯を嚙《か》みしめ、去り行く男の後姿を睨みつける様子があった。

栄三郎は、この理由も知りたくて仕方がなかった。

「それで、又公にあれこれ調べさせているのかい」

「そういうことだ。ちょいと知っておきたいわけがあってな」

「どういうわけだか知らないけど、ここへまたあの馬鹿が、そのことを報《しら》せにくるのかい」

「まあ、そう言うなよ……」

「やっぱりそうだ。そんなら、わっちはこれで……」

折しも、又平が店にやって来た。

「おい、お染、お前もここで一緒に聞かねえかい」

「筍《たけのこ》の木の芽和《あ》え、こしらえてくるよ……」

お染は板場へと入った。

「何でえ、気分の悪い女だねえ。おれが来た途端《とたん》に、板場に引っ込んじめえやがって」

出会い頭《がしら》に、お染と又平の小競《こぜ》り合いがまずあるのが、この店の決まり事となっていた。

それを知る、他の客がニヤニヤと笑っている。

「それで、どうだった。色々とわかったかい」

「へい、そりゃあもう……。まったく大したもんですよ、あの千吉は……」

又平は、定席《じようせき》の小上がりに座って、つくづくと語り出した。

千吉は、江戸橋の南方、佐内《さない》町の看板書きの子として生まれた。

幼い頃から父親について仕事場を回り、行く先々で、その利発さが受けて可愛《かわい》がられた。

しかし、看板書きの父親は、まだ八つの千吉と、四つのおはるを置いて、流行《はやり》病《やまい》で命を落とし、幼い兄妹は、母親と三人で今の銀色長屋に移ったのだが、すぐに千吉は、室《むろ》町二丁目に店を構える、三度飛脚《さんどびきやく》屋に丁稚《でっち》奉公することが決まった。

この店の主・丹波屋茂左衛門《たんばやしげざえもん》が、以前から利発で働き者の千吉に目をつけていて、

「あれは、ちょっと仕込めば、大した商人《あきんど》になるに違いない」

とかねがね言っていたのが、父親を亡くして困窮《こんきゆう》する母子の様子を見て、すぐにと引き取ったのである。

茂左衛門の想像以上に、千吉は何事にも物覚えが良く、知恵が回り、

「商《あきな》いというものは〝飽きない〟ものでなくてはいかぬ」

という茂左衛門の教えを守り、自ら進んで体を動かした。

それだけに、茂左衛門は、何かというと、千吉の名を呼び、商いに留《とど》まらず、人としてどう生きねばならないかなど、徹底的に教えこんだのである。

「それがどうして、丹波屋を出て、その日暮らしをしているんだい」

栄三郎が問うた。

黙って聞くより時折、合の手を入れてやる方が、又平も気分良く話せるというものだ。

「そこなんですよ……」

案の定、又平は膝《ひざ》を進めた。

「この、茂左衛門ってお人は立派な商人だったんですがねえ……」

「だったってことは、亡くなったんだな」

「へい、千吉が奉公に上がって二年ほどして、心の臓を患《わずら》ったとかで」

「病の種は倅《せがれ》じゃねえのかい」

「さすがは旦那だ。茂太郎《しげたろう》って息子が、とんでもねえ極道息子でしてね」

「なるほどな……」

昨日、千吉を嘲笑《あざわら》った、あの〝嫌な野郎〟の顔が栄三郎の脳裏《のうり》に浮かんだ。

「どうしてこう世の中ってやつは、うまくいかねえんでしょうねえ」

「それも神や仏の思《おぼ》し召《め》しかもしれねえな」

「まさか……」

「金のある家の息子が放蕩《ほうとう》すれば、世の中に金が回るってもんだ」

「それも道理だ。でも、放蕩の度が過ぎりゃあ、奉公人達はたまったもんじゃねえでしょう」

「そうだな、又平の言う通りだ」

「この茂太郎は、ちょっとばかし腕っ節が強いからっていい気になりましてね」

「どうせ、ろくでもねえ野郎達が、おだてあげたんだろうが、幡随院長兵衛《ばんずいいんちょうべえ》でも気取ったかい」

「そんなところで……。取り巻きを引き連れて、喧嘩沙汰《けんかざた》を起こしてみたり、博《ばく》奕場《ちば》に出入りしてみたり……」

飛脚屋は、人の金にしばしの宿を貸す稼業である。

その跡取り息子が、博奕場に出入りなどすれば、店の信用に関わる問題である。

茂左衛門は、若い頃の放蕩は、麻疹《はしか》にかかったようなものと、少しくらいは大目に見つつも、博奕場への出入りだけは厳しく戒《いまし》めた。

背中向けに舌を出して、いくら恰好をつけたとて、茂太郎も、一筋縄ではいかぬ父親の凄みを身をもって知っている。

茂左衛門の前では猫をかぶり続けた。

その、丹波屋茂左衛門が死んだ――。

もう何年か健在で、茂太郎の首の根を押さえていたとしたら、茂太郎とてやがて歳もとり分別もできたかもしれない。

それがいきなり、身代を任されるようになり、調子に乗った。

自由になる金子《きんす》を集めては、遊び人風体《ふうてい》の取り巻きを引き連れての、博奕場通いが始まった。

それを気に病み、母親は、茂左衛門の後を追うように亡くなり、茂太郎の妻は、さとへ帰ってしまった。

「先代に可愛がられた千吉もその口か」

「へい、千吉は黙っていられなかったんでしょうねえ」

ある日、茂太郎に向かって、

「先代の旦那様が、泣いておられますよ……」

などと、つい口走ってしまった。

「丁稚の分際で、主人のおれに意見をするつもりか！」

いざとなれば、千吉を養子にしてでも、丹波屋の暖簾《のれん》は守らねばならないと、言わんばかりの茂左衛門であった。

茂太郎が、千吉を快く思っていないことは、当然の成り行きであろう。

「だいたい、お父つぁんが甘やかすから、こんなガキがいい気になるんだ。出て行け！　おれが気に入らねえのなら出て行け！」

その場で、千吉を蹴り倒し、暇《いとま》を出したという。

そして、銀色長屋に戻った千吉は、すぐに母親も亡くし、一時は己が不運を嘆いたが、すぐに前を向いて、

「こうなったら、おいらは、どんなことをしたって、どんな目にあったって、おはるを食べさせてみせる！」

心に誓って、今日までたくましく生き抜いてきたのである。

幸いにも、亡き丹波屋茂左衛門に世話になった人達が、あれだこれだと、小回

りの用など頼んでくれた。

それに、持ち前の知恵と工夫を加え、頼んだ相手を必ず満足させてきた。

「まあ、今じゃあ、下手な棒手振《ぼてふ》りより、よく稼ぐ時もあるようですねえ」

「あの千吉なら、それくらいのことはわけもあるまい。だが、そんな茂太郎の店から出て、かえって幸いじゃねえか」

「あっしもそう思いますねえ。長屋の連中もいい人ばかりで、皆で千吉とおはるを育ててやろうとしている様子が、見ていてとても気持ちがいいですよ」

話す間、栄三郎が注《つ》いでくれる酒に、すっかり心地《ここち》よく酔っぱらってきた又平は、素晴らしく楽しい芝居を見てきたかのような、とろんとした目で、しみじみと頷いた。

「よし、おれは決めたぜ」

栄三郎は、畳の上の折敷《おしき》に、とんと力強く盃《さかずき》を置いた。

「て、ことは旦那、あの御方に、千吉を……」

「おう、勧めるつもりだ。いけねえかい」

「いえ、掘り出しものだと、きっと喜んでくれますよ」

「そうだろう」

「へい！」

栄三郎――どうやら誰かに千吉を引き合わせるつもりらしい。

又平の興奮ぶりから察するに、相手はそれなりの人物に違いない。

「こいつはいいや、ますます、おもしろくなってきやしたぜ……」

又平の気勢はそのままお染に向けられた。

「やい、お染！　お染！　筍の木の芽和えはどうなってやがんだ！」

「うるさいよ又公！　あんたに食わせるつもりはないよ」

「何でえそこに居るのかよ。てっきり筍を採《と》りに行ったかと思ったぜ」

店の客がどっと笑った。

「毒盛ってやるから、覚えてやがれ！」

「毒でも何でも早く持って来やがれ！　旦那、出てくるまで、風呂にでも入って来ますかい」

今日の口喧嘩は、又平に分《ぶ》がありそうだ。

四

それから二日の後――。

秋月栄三郎は、珍しく、羽織、袴《はかま》の改まった姿で、朝から道場を出ると、八丁堀へと向かった。

八丁堀界隈といえば、町奉行所配下の与力、同心の拝領屋敷が建ち並ぶ、あまり近寄りたくない所であるのだが、栄三郎にとっては、これも取次の仕事のひとつなのである。

組屋敷街の北方にある薬師堂の傍に、南町奉行所非常掛方与力・鮫島文蔵《さめじまぶんぞう》の屋敷がある。

以前、松田新兵衛が凶盗・八州《はっしゅう》鼬《いたち》の小太郎《こたろう》と〝血闘〟した際、鮫島は、これを捕縛に向かった同心・前原弥十郎に、冷静沈着に指示を与えた与力である。

手習い道場の地主である、田辺屋宗右衛門に誘われ、南町奉行・根岸肥前守の役宅で開かれた花見の宴に、又平を連れて出かけた栄三郎が、そこで肥前守に引き合わされたのが、鮫島文蔵であった。

あの時の一件には、栄三郎も新兵衛を助けて、小太郎一味捕縛に協力をしていたから、すでに鮫島とは面識はあったのだが、

「まあ、ちょいと、この男の頼みを聞いてやっておくれ……」

と、根岸肥前守は、どちらかというと口下手な鮫島のために、話を切り出してやったというわけだ。

そこで鮫島が根岸邸の書院を借りて二人きり——栄三郎に頼んだ取次の仕事とは、

「某《それがし》、今年で四十になり申したが、未《いま》だ子を授からぬ。ついては、市中にこれぞという子供が居《お》れば、これを我が養子に致したいと思うておるのだが……」

心当たりがあれば教えてもらいたい。きっちり礼もするというものであった。

「まさか……」

栄三郎は驚いた。

町与力といえば、俸禄が二百俵。犯罪者の裁きに関わることもあるので、〝不浄役人〟として、幕臣における地位は高くはなかったが、職務柄、大名、商人からの付届けなども多く、その暮らしはまことに裕福であった。

「何も私などに町場から探させずとも、いくらでも養子の来手はございましょう」

誰でもがそう思うではないか。

「確かに、親類縁者からいくつも話はきている。だが、元より町与力というものは、〝一代抱え〟だ。己が役目を継がせるのは、何よりも世情をよく知る町の者であるべきだと、某は思うのだ」

「なるほど……」

栄三郎は、鮫島の言葉に心を打たれた。

本来、町与力は隠居、相続は認められなかったが、結局、その子が新規御召《おめし》抱《かかえ》の形で跡を継いでいたので、実質は世襲が認められていた。

実子がなければ、血縁者から養子を迎え入れるのが人情であろう。

それを鮫島は、

「某の周りには、これという者が見当たらぬのでな」

と、町の暮らしに深く関わる町与力にこそ、良い人材を充《あ》てねばならないと言うのである。

一度手にした職権を他人に譲り渡す役人など、どこにいようか。素晴らしい心がけではないか。

「奥様も御承知なのですか」

言わずもがなと思いつつも、栄三郎は問うてみた。

本来、将軍への拝謁《はいえつ》が許されていない、与力の妻女は〝御新造〟と呼ばれるべきものであるが、余の武家と違って、玄関に出て客の応対までこなす姿が人々の尊敬を集め、〝奥様〟と呼ばれている。

鮫島文蔵の妻ともなれば、よもや夫の方針に異を唱えまい。

鮫島は、眼もとに静かな笑みを浮かべて、ゆっくりと頷いた。

「これは御無礼致しました……」

下らぬことを問うたと、栄三郎は詫《わ》びた。

「鮫島様ほどの御方の跡継ぎとなると、これはなかなか難しゅうござりますが。私のような者に、頼まれてよろしいのですか」

町場のことなら、鮫島配下の町同心の方が、自分よりはるかに詳しいではないか。

家に関わる大事を頼まれて、嬉しい反面、鮫島の依頼が、意外でもあった。

「何の。そこ許《もと》の人となりは、こちらもしっかりと聞き及んでのことじゃ」

今は庭で花見を楽しむ、町奉行・根岸肥前守からのお墨付きを頂いているそうだ。

「某とて、人を見る目はあるつもりだ。何より、そこ許ならば、人を選ぶに私利私欲を挟むこともなかろう」

「ありがとうございます……」

取次屋冥利《みょうり》につきることだと、栄三郎は、これを謹《つつし》んで引き受けた。

その夜は、興奮して、

「大坂の親父《おやじ》に、文を書いてこれを自慢してやろう……」

又平と共に祝杯をあげたものだ。

鮫島文蔵から、養子探しを頼まれた時、実は栄三郎の脳裏に、千吉の顔が浮かんでいた。

少し前から、手習いを覗きに来るようになって、気にかかっていた矢先のことであったからだ。

――これも何かの縁、天のお引き合わせかもしれぬ。

実際、千吉の様子を見るに、生い立ちを聞くに、こんな子供が役人として成長してくれるとどんなに良いであろうか――そう思われてならなかった。

そして今日。

又平を遣いにやると、非番で鮫島は屋敷に居るとのこと。

早速、千吉の報告に出向いたのであった。

手習い道場から、鮫島の組屋敷までは、大した道のりでもない。

冠木門《かぶきもん》を潜《くぐ》り、案内を請《こ》うと、玄関に置かれた山水の絵衝立《えづいたて》の向こうから、

「お待ち致しておりました」

と、鮫島の妻女が、栄三郎を出迎えた。

妻女は夏江《なつえ》という。

ふくよかで、物事にとらわれない様子の明るい奥様である。

「貴方様がお噂の……」

栄三郎の顔を見るや、愉快に笑い声をあげたものだ。

――こういう奥様なら、千吉のことをすぐに気に入るに違いない。

まず、ほっとする栄三郎は、すぐに書院に通された。

「おう、これは栄三殿、早や、見つかりましたかな」

鮫島文蔵は、栄三郎の訪問を待ち兼ねていたようで、声を弾ませながら、書院に出てきた。

寛《くつろ》いだ着流し姿ではあるが、襟元《えりもと》などにいささかの乱れもなく、誠実な人柄を表している。

少し顎《あご》がしゃくれている面相は、どこか親しみが覚えられた。

「私が見た上では、これほどの器量はないと思われます」

「ほう、それは楽しみだ」

「さりながら、鮫島様には、お気に入って頂けるかどうか……」

「どういうことであろう」

「それが、裏長屋の子供でございまして」

いくら町場から見つけてくれと言われたとて、例えば町道場主の子であるとか、町医者の息子、学問好きの富商の次男坊など、それなりに教育を受けた子供から選ぶだろうと、鮫島が思っていたのではないか――。

そのことを糺《ただ》すと、

「たとえどのような身分の者であろうと、そこ許がその目で見て確かめたのであれば、それなりの器量が備わった者と思われる。まず、話を聞かせてもらいたい」

鮫島は、何をこだわることなく、そう答えた。

「そのお言葉を聞いて安堵《あんど》致しました。私が見初《みそ》めた子供と申しますのが……」

栄三郎は、千吉について見知ったことのひとつひとつを、身振り手振りを交えながら、物語った。

鮫島は、穏やかに相槌《あいづち》を打ち、時には笑い声をあげながら、黙って最後まで聞

き終えると、

「栄三殿は話し上手だ。そこ許に手習いを学ぶ子達は、さぞや毎日楽しかろう」

つくづくと感心した。

「妹を共に引き取って頂かねばなりますまいが、孤児のことゆえ、あれこれ話をつける手間はいらぬかと」

「うむ、その通りだな。今、聞いただけでも確かにこのままにしておくのは惜しい」

「まことにもって……」

「だが……」

鮫島は、書院の窓の外に広がる青空を見上げつつ、少し思案顔となった。

「あれこれと、周りから異を唱える者は、出てくるであろうな」

「やはり、そうでしょうね。なめくじが這う裏長屋に住み、その日暮らしを続けているような子供を養子に迎えるなど、とんでもないことだと……」

栄三郎が言うや、鮫島はすぐにふっと笑って、

「だが、言いたい奴には言わせておけばよいのだ。そうであろう、夏江……」

隣室の方へいきなり声をかけた。

襖戸《ふすまど》が開き、隣室から童女のような、あどけない笑みを浮かべた夏江の顔が現れた。

そっと耳を澄ませていたようだ。

「これは、はしたないことをしてしまいました……」

詫びる言葉にも屈託がない。

――本当に、いい奥様だ。

栄三郎の顔も思わず綻んだ。

「栄三殿、これももう四十になろうというのに、いつまでも小娘のようで困る」

苦笑いを浮かべる鮫島ではあるが、この妻女が愛《いとお》しくて仕方がないように見える。

花見の折に、根岸肥前守は、

「武家の女房に子が出来ねえなら、旦那は側女《そばめ》のひとつこしらえたくなるもんだが、鮫島は未だに、夏江、夏江だ。まったく馬鹿じゃねえかと思うが、おれはそういうあ奴が、大好きでな……」

と言っていたが、なるほど頷ける。

夏江は二度ばかり、流産をして、最早、子を生《な》せぬ身になっているらしい。

それゆえに、鮫島はなおさらに愛しさが募るのであろう。

「よいからここへ来て、思うことを申してみよ」

鮫島は夏江を部屋へ入れると促した。

「言いたい奴には言わせておけ……。檀那《だんな》様の仰《おお》せの通りにございます。口うるさい人ほど、頼りにならぬものです。何はさて、その子に会われてみたらいかがかと」

夏江ははきはきとした調子で言った。

「うむ、そうじゃのう。まずは栄三殿のようにそっと様子を窺《うかご》うてみるか」

「はい……」

夫と妻は頷き合った。

「それならば鮫島様、千吉は月の半《なか》ばになると、妹を連れて米や味噌《みそ》を持ってどこかへ出かけるとか。その日を狙って、お忍びで御一緒にいかがでございますか」

「よし、わかった。御奉行に願い出てみよう。よろしく頼みますぞ」

「畏《かしこ》まりました」

栄三郎は、姿勢を正した。

「私も御一緒してみとうございますわ……」

横から夏江が口を挟んだ。

「何を言うのだ、遊山《ゆさん》に行くのではないぞ」

「わかっておりますわ。私もお忍びで参ります。それでよいのでしょう」

「お忍び……。どのような姿で参るというのだ」

「草餅売りの婆ァさんにでも身をやつしましょうか」

「また馬鹿なことを言う」

「あら、馬鹿なことでしょうか」

「お前は草餅売りの売り声のひとつも知っているのか」

「草餅売りに決まった売り声などあるのでしょうか」

「そう言われてみるとそうだが……、お前なら糊《のり》売りの方が似合いだな……」

それからしばらく、二人の珍妙な会話が続いた……。

五

千吉が、妹のおはるを連れて、何処《どこ》かへ出かけるのは、決まって月の十五の日だという。

この日、秋月栄三郎と鮫島文蔵は、編笠《あみがさ》を手にした微行姿で、朝から稲荷橋南詰の茶屋で落ち合った。

その茶屋は、湊《みなと》稲荷社に隣接していて、そこから橋を行き交う人の様子がよく見える。

聞けば千吉は、深川の方へ行くらしく、まずはここで待ち伏せるのに限るのだ。

栄三郎が着いた時には、すでに鮫島は茶屋にいて、ゆったりと茶を飲んでいた。

町役人には珍しく武骨な男ではあるが、そこは仕事柄、微行の何たるかを心得ている。

どう見ても、小ざっぱりとした浪人にしか見えない。

常々、犯罪に直接関わる廻り方の同心達に、町奉行・根岸肥前守は、

「判断に迷うような大事に遭《あ》ったら、まず、鮫島文蔵に相談しろ」

と言って聞かせているらしいが、それも頷ける。

「手習い所の方はよかったのかな……」

栄三郎を見るや、鮫島は気遣いの言葉をかけてきた。

「大事ございませぬ」

栄三郎は恐縮した。

今日は、剣友・松田新兵衛に教授を任せてあった。

「鮫島様こそ……。何やらかえって御足労をおかけ致しました」

「いやいや、落ち着いているように見えるかもしれぬが、心の内は何やらこうウキウキとしてござるよ」

今日のことを肥前守に報せると、出来るものならおれも一緒に行ってみたいものだと、後の報告を随分と楽しみにしていたという。

「それより、夏江の奴が一目茶屋の内から、その子の姿を見てみたいというのをなだめるのに、ちと手間取った……」

「はッ、はッ、目に浮かぶようにございます」

二人が休む小上がりの席は、衝立で仕切られ、外に立て掛けられた葭簀《よしず》の間から、今しも橋を渡る小さな二人連れの姿が見えた。

千吉とおはるである。二人共、腰に風呂敷包みを巻きつけている。

「参りましょう……」

栄三郎と鮫島は、編笠を被《かぶ》った。

千吉は橋を渡ると、すぐに一軒の米屋の前で立ち止まった。

岸辺に立つ米屋には、荷船から降ろされた米俵が運びこまれている。

「おう千吉つぁん、来たな！」

千吉を見るや、人の良さそうな番頭が声をかけた。

「掃除をさせてもらいに来ました！」

「よろしく頼みますよ。そこに箒も笊《ざる》も置いてあるからね」

「ありがとうございます！」

元気に頭を下げる千吉に、番頭はニヤリと笑って店の中へと入った。

すると、千吉とおはるは船着き場へ出て、箒を手に掃除を始めた。

「おう坊主！　御苦労だな」

「妹も大きくなったじゃねえか」

人足達は次々と兄妹に声をかけていく。

顔馴染みのようで、誰もが兄妹が可愛くて仕方がないという風に、すれ違う度《たび》に、何かしら構ってやるのである。

千吉とおはるは、それに笑顔で応え、町で見聞きしたことを話したり、

「帰りに寄り道して、あんまり飲み過ぎたりしちゃあいけないよ」

などと、子供が親をやりこめるように声をかけたりする。そう言われると人足達は、

「心配いらねえよ。おはる坊の顔を見たら、ガキの顔がちらついて、真っ直《ます》ぐに帰りたくなるってもんだ」

たちまち幸福そうな表情となって兄妹に頰笑みかけるのである。

そうこうするうち、荷降ろしも終わり、人足達が去った船着き場で千吉は掃き清めて一ト所に集めた塵《ちり》を笊で漉《こ》し、米俵からこぼれ落ちた玄米の粒を、おはると拾い集めた。

「なるほど。そういうことか……」

栄三郎と二人でそっと兄妹の様子を見ていた鮫島が唸った。

「あれだけで二、三合ありますよ」

栄三郎は、先ほどから、千吉とおはるの様子を目を細めて窺う鮫島が嬉しくて、少し自慢気に言った。

「木屑を拾わせてくれる棟梁と同じで、ここの番頭も、千吉贔屓なんでしょう

ね」

「あの人足達も、わざと米粒を落としていたように思える」

鮫島は先日の栄三郎の如く、千吉にますます惹《ひ》かれているようだ。

「番頭さん！　お掃除、終わりました！」

やがて、持参した袋に米を詰めると、千吉は、これを腰の風呂敷包みにしまって、番頭に掃除の終わりを告げた。

「これは御苦労さんだねえ」

店から出てきた番頭は、米の入った枡《ます》を手にしていて、

「手拭いを広げてごらん、これは駄賃だよ」

と、千吉が広げた手拭いに米を入るだけ、注いでやった。

「番頭さん、いいんですか、掃除をさせてもらったのに」

「だから、その駄賃だよ」

番頭は、またニヤリと笑うと、店へ戻って行った。

千吉はおはると二人、深々と店の方へ礼をして、手拭いに入った米を落とさぬように、腰の風呂敷包みに加えて、歩き出した。

「よかったね、兄ちゃん！」

おはるは、愛くるしい顔を千吉に向けて、元気について歩いた。

編笠の下――鮫島の表情に感動が浮かんでいるのが、栄三郎にはわかった。

千吉とおはるは、そのまま真っ直ぐ、日比谷《ひびや》町、永島《ながしま》町と進み、亀島《かめじま》橋を渡って、霊岸島《れいがんじま》界隈へと向かった。

しかし、橋を渡った所で、鰻《うなぎ》の辻《つじ》売《う》りに呼び止められた。

「来やがったな、くそガキが……」

憎まれ口を叩いてはいるが、その目は、楽しそうに笑っている。

「やあ、小父《おじ》さん、売れてるかい」

千吉は親しい口を利いた。

「あたり前だよ。この小便たれが。どうでえ、うまそうな匂いがするだろう」

千吉とおはるの前で、醤油《しょうゆ》と酒のタレに漬けこんだ鰻が、煙と共に、何とも香ばしい匂いを立てていた。

「ああ、ほんとうだね。いい匂いだ……」

「ヘッ、ヘッ、匂いをかぎやがったな」

「うん、匂いをかいだ」

「よし、それじゃあ、匂いのかぎ賃は五文だ。払ってもらおうじゃねえか」

「匂いにお代がいるのかい」

「参りましたと言ったら、ただにしてやってもいいぜ」

鰻屋の〝小父さん〟は、勝ち誇ったようにニヤリと笑った。

「どうやらあの親爺と、ああやっていつも頓知《とんち》問答をしているようですねえ」

栄三郎は、橋の袂《たもと》に立って、遠巻きに眺めた。

「さて、何と答えるかな……」

鮫島も興味津々《しんしん》で見ている。

「わかったよ。それじゃあ五文、払うよ」

「何でえ、やせ我慢かよ。子供から五文ふんだくるつもりなんかねえや。素直に参りましたと言ってみな」

払うと言われて、鰻屋は人の良い顔を千吉に向けたが、千吉はというと、懐から一文銭をとり出し、手の平に五枚並べて見せてから、これを両手で覆《おお》って、

「匂いのお代なら、音だけでいいだろ」

と、手の平の内でチャリンチャリンと鳴らせて鰻屋に聞かせた。

「参った！」

鰻屋は大声で笑った。

「おれは負けず嫌いだが、お前に負けるのは楽しくて仕方ねぇや。はい、おはる坊と二人に、笑わせてもらったお代だ……」

そして、焼きたての鰻の串を、一つずつ兄妹に渡すのであった。

「小父さん、気い遣わなくったっていいよ」

「馬鹿野郎、それが生意気だってんだ。この小童《こわっぱ》が、早くここでうまそうに食ってくれよ」

串は遠慮する千吉と、おはるの手に渡り、おいしい、おいしいと、これを頬張る二人の表情を見る、鰻屋の楽しそうなこと、この上もなかった。

「どうです、鮫島様」

「まことに、見事じゃ」

そっと見守る二人の編笠の侍は、互いにふっと笑い合った。

それから、千吉は幼いおはるの手を引いて、北へ北へと道行く。

深川へ行くというから、永代橋《えいたい》へ向かうつもりなのであろう。

「そろそろ私は、二人と出会うことにしましょう」

栄三郎は良き所で、兄妹と偶然に出会ったふりをして、後を尾ける鮫島に、千吉が役人にどのような想いを抱いているかを聞いてもらおうと段取を立てていた。

「栄三殿、うまく聞き出して下され……」

と、二人が別れようとした時――。

「お前か！　うちの倅を痛めつけたってえのは」

恐ろしい剣幕で、千吉の前に、廻り髪結の男が立ち塞がった。ちょうど湊橋にさしかかろうとした所であった。

男の傍には、あの唐犬が、少し決まり悪そうな顔をして立っていた。どうやら、倅が顔を腫《は》らして帰ってきたのを見て、どこのどいつにやられたんだと、父親が興奮して、唐犬にそいつを見つけて来いとうるさく言ったのであろう。

そして、町で千吉を見かけた唐犬が、父親の立ち廻り先に走って、とうとう見つけ出して連れて来たのだと思われる。

哀れにも、おはるは、千吉の背に隠れて、べそをかいている。

江戸の廻り髪結は、広袖の袷《あわせ》の下に浴衣《ゆかた》を重ね、盲縞《めくらじま》の腹掛股引《ももひき》を着込んだ、伊達《だて》を気取った出立《いでた》ちで、大方、唐犬の父親も俠気《きょうき》というものを取り違え、髪結などしている輩《やから》なのであろう。

「痛めつけたつもりはないけど、おいらがやった……」

千吉は、臆せず唐犬の親父を見返した。

「やっぱりお前か。親を呼んできやがれ、話をつけてやらあ！」

親父が、がなり立てた。

「その子に親はいねえよ……」

そこへ進み出て、栄三郎は編笠を脱いだ。

「先生！」

「おう、こんな所で会うとはな」

思わぬ人の登場に目をぱちくりさせる千吉とおはるに、栄三郎は、任せておけと頬笑んだ。

「な、なんでえ手前は……」

突然の侍の登場に戸惑いつつも、威勢を張る見苦しき馬鹿親を、栄三郎はぐっと睨みつけた。

「おれは、気楽流剣術指南・秋月栄三郎というものだ」

「け、剣術指南……」

「よく聞け、お前の馬鹿息子は、この子をいきなり蹴とばし、銭をまきあげようとした。だから、この千吉はやり返した。それなのにお前は、子供の喧嘩に出しゃばろうとするのかい」

「い、いや、それは……」

「お前が出しゃばるなら、おれがこの子の親代わりになって相手をしてやろう」

「ち、ちょっと待ってくれ。おれはそんなつもりで」

「なら、どういうつもりだったんでえ！　子供相手に威勢を張る前に、まず手前の倅を躾《しつ》けやがれ。お前のような馬鹿親を見ると、殴りたくて仕方ねえが、お前とて子供の前だ。今日はこれで別れよう。とっとと失《う》せろ……」

「へ、へい……」

すっかり気圧《けお》された唐犬の親父は、這《ほ》う這《ほ》うの態《てい》で、

「馬鹿野郎！　手前、親に恥をかかせやがって」

今度は唐犬の頭をはたきながら、逃げるように去っていった。

たちまち千吉の顔が明るくなった。

「千吉、今度は助けに入ったぞ」

「ありがとうございました……。でも、こんな所で会うなんて……」

「お前とは縁があるってことだ。どこへ行くんだ」

「深川の十万坪《じゅうまんつぼ》に、人を訪ねに行くんだ」

「そうかい、そんならおれも一緒に行こう」

「先生が一緒なら心強いけど、汚い所だよ」

「汚い所には慣れっこだよ。ちょうどお前と話したいと思っていたところでな。さあさあ行こう。千吉、お前はまかり間違っても、いつか人の親になった時に、あんなみっともねえ男になるんじゃねえぞ」

千吉はこっくりと頷いて、再び笑顔の戻ったおはるの手を引いて歩き出した。

並んで栄三郎も歩く。

いつかこんな話をしながら、自分と町を歩いたことを、この兄妹が、思い出のひとかけらとして心に残してくれたら――。

そう願いながら、栄三郎はあれこれ語りかけるのであった。

「千吉、お前は御役人をどう思う」

「お役人かい？　おいらは嫌いだね」

「どうしてだい」

「だって、お上のご威光ってやつで、そっくりかえってばかりでさ。まったく足下を見ようとしないんだもん」

「そっくり返っていりゃあ、足下が見えねえのも無理はねえな。だが、そっくり返ってばかりでもねえだろう」

「足下に、お金が落ちている時だけは下を向くよ」

袖の下を差し出される時だけは、体を前のめりにするのが役人だと千吉は言う。

後を行く、鮫島が溜息をつく様子が栄三郎には見てとれた。

こんな子供までが、役人の驕《おご》りと怠慢《たいまん》を見切っているとは――。

「だがな、御役人の中でも立派な人はいっぺえいなさるぜ」

「そうなのかなあ」

「ああそうだ。どうだい、役人になって困っている人を助けるつもりはないか」

「おいらがお役人に？　なれるはずがないだろ」

「端から諦《あきら》めちゃあいけねえと言ったはずだぜ」

「でも、おいらなんかが……」

「お前は苦労をしてきた。腕っ節も度胸だってあるし、知恵も、やさしい心もある。おれはお前みてえな男に、人助けをしてもらいてえなあ」

「お役人になれるかどうかはわからないけど、おいら、困った人は助けるよ」

「そうかい。それを聞いて安心したぜ」

栄三郎は、少し乱暴に千吉の頭を撫でた。

話すうち、三人は、深川の盛り場を抜け、木場《きば》を通り過ぎて、十万坪と呼ばれる田園に出た。

そもそもは、新田として開発された埋立地であるが、田畑も少ない荒地で、辺りには葦《あし》が生い茂っている。その一隅に、今にも倒れてしまいそうな掘立て小屋が見える。

その昔は、出作り小屋であったのであろうか。板屋根は波うち、壁などは隙間《すきま》だらけである。

「あすこが、汚《きたね》え所かい」

「うん。世話になった人が居るんだ」

千吉とおはるは、足取りも軽く、小屋へと栄三郎を誘った。

「来たよ！」

千吉の声を聞くや、待ち侘《わ》びていたかのように、中から、一人の男がとび出て来た。

歳は六十手前くらいであろうか、着くずれた単衣《ひとえ》に、古い法被《はっぴ》を引っかけた姿には生色がなく、痩《や》せ細った体に、頬はこけ、月代《さかやき》は伸びるにまかせていた。

それでも男は、千吉とおはるの顔を見るや精一杯の笑みを浮かべて、よく来てくれたと声を弾ませた。

「今日は大好きな先生と一緒なんだよ」

千吉に言われて、栄三郎の姿に気付いた男は、

「これはどうも御無礼致しました。私は左兵衛《さへえ》と申します」

丁重に頭を下げた。

六

「大の大人の私が、まだ幼い二人に気遣いをさせるなんて……。いっそ死んでしまいたい気持ちでございます……」

千吉とおはるが持って来た、米と味噌を見つめて、左兵衛は栄三郎の前で項垂《うなだ》れた。

千吉が〝世話になった人〟と言う、この左兵衛という男は、千吉がかつて丁稚

奉公にあがっていた、三度飛脚・丹波屋で下働きをしていたという。

自らも、幼い時に父親に死に別れ、肉親の縁に恵まれなかった左兵衛は、何かというと利発で愛敬のある千吉の面倒を見てやった。

しかし、先代・茂左衛門が亡くなり、茂太郎の代になると、それまでの節度のある慎《つつ》ましやかであった商家が、放漫なものとなり、つい諫言《かんげん》を口にしてしまった千吉が暇を出されるに及んだ。

この時、左兵衛は、蹴り倒された千吉を庇《かば》い、自らがその楯《たて》となり茂太郎を諫《いさ》めた。

しかし、茂太郎は実直な左兵衛をも許さず、暇を出してしまったのだ。

その後は、老年にさしかかった左兵衛を引き取ってくれる所もなし、この掘立て小屋に住みついて、野の花を摘《つ》んで売ったり、鈴虫、蛍などを捕《とら》えて売ったりしながら、やっとのことで食いつないできたのだが、去年の暮れから体を壊し、このところはこの小屋に籠《こも》りがちなのであった。

「そうかい。千吉、お前は、左兵衛さんが店を追い出されたのは手前のせいだと気にかけて、こうして米や味噌を……」

左兵衛から事情を聞いて、栄三郎は、千吉がどんな想いでこの米をここへ届けたかを知るだけに、こみあげてくる涙に声を詰まらせた。

「ええよ……。お前はええや。おはる坊、お前の兄ちゃんは、日の本一偉い子供だ。よかったな」

「うん！　兄ちゃんはえらいわよ！」

愛くるしいおはるの顔を見ると、左兵衛は泣けてきて、泣けてきて、ただただ目頭を押さえるのであった。

「おいら、偉くなんてないよ。先代の旦那様が、世話になった人に恩返しをできないようでは、生まれてきた甲斐がないと、いつもおっしゃっていたからね」

「ああ、そうだったねえ……」

左兵衛は声を振り絞った。

「そのうち、おいらが大きくなったら、左兵衛の小父さんを、もっと楽にしてあげるよ。だから今は、これを食べて、はやく元気になっておくれよ。玄米ご飯は、江戸わずらい（脚気《かっけ》）にきくと、だれかが言ってたから、体にいいはずだよ」

「ああ、ありがたく頂くよ」

「でも、おいら、もう一度、旦那様に会いたいなあ……」

「まったくだねえ。旦那様はよく、身代を傾かせる六つの口をふさがないといけないと言っておいでだった」

「六つの口、覚えているよ」

「茂太郎旦那は、もう忘れちまったのかねえ。今のままでは、丹波屋の先行きも危ういものだ」

追い出されてなお、旧主の店を想う二人の姿にいたたまれず、

「おれは少し、外の風に当たってくるよ……」

栄三郎は小屋の外へと出た。

裏手には、外からそっと中の様子を窺う、鮫島文蔵の姿があった。

栄三郎は、鮫島に頷いた。これに鮫島は大きく、しっかりと頷き返し、

「今宵《こよい》、某の屋敷まで御足労願いたい……」

そう囁くと、小屋を後にした。

その声は、涙に濡《ぬ》れているように思えた。

〽兎角《とかく》子供達は
幼《いた》いけが良いものじゃ
足《あい》やのぼろぼろ

肩に乗せて
御所へ参ろ　御所へ参ろ……
やがて、少し剽《ひょう》げて謡《うた》う、〝京童《きょうわらわ》〟が、編笠の中から漏れ聞こえた時には、鮫島文蔵——挙措《きょそ》動作がいつにもなく浮き足立っていた。

数日の後——。

いつものように、手習い道場を覗きに来た千吉を、栄三郎は釣りに誘った。

「おいら、のんびりと釣りなんかしてられないよ」

「鯉《こい》を釣って、今宵はおはる坊に、鯉濃《こいこく》でも食べさせてやれよ」

「そうか……。そんならお供します」

「江戸橋の船宿に、釣船を頼んであるんだ」

「江戸橋まで行かなくったって、釣船なんてそのあたりにいっぱいあるよ」

「いいから来いって……」

無理矢理引っ張って行くと、南詰の船宿の前に人だかりができている。

「何かあったのかな……」

「捕物があったようだぞ。うむ、これは博奕場のお手入れだな」

栄三郎は、千吉を連れて野次馬に加わった。

船宿から、捕手に引き据えられた遊び人風、商家の極道息子風が次々に出て来るのが見えた。それを指揮しているのは、出役《しゅつやく》姿も勇ましい、南町同心・前原弥十郎である。

「こりゃあ、前原の旦那、博奕場の手入れで」

「何でえ栄三先生かい。まったく横着な奴らだぜ」

弥十郎は意味あり気な笑みを浮かべた。

「夜中にそっと、どこぞの武家屋敷に出かけて打つならまだしも可愛げがあるが、それも面倒だからって、昼日中からこんな所で御開帳とはよう。特にこの野郎はいい気になりやがって……」

さらにもう一人、引き据えられて、泣きそうになっている男が船宿から姿を現した。

その男を見て、千吉は、あっと呻《うめ》いた。

丹波屋茂太郎である。

茂太郎も千吉に気付いて、顔を背《そむ》けた。

「お役人さま、丹波屋さんはどうなるのですか。まさかつぶれたりしませんよね

「……」

千吉は、健気にも弥十郎に訴えた。

「何でえ坊や、この馬鹿を知っているのかい。心配するな、お上にも情けはあらあな」

弥十郎はにこやかに千吉に頬笑んで、安心させてやると、

「身代を傾かせる六つの悪い口があると言うが、坊や知っているかい」

と、千吉に問いかけた。

「六つの口……」

千吉は、こっくりと頷いた。

「そうかい。馬鹿に聞かしてやんな」

「お酒をのんでふまじめになること。夜ふかしをして遊びまわること。音曲《おんぎょく》や芸ごとにおぼれること。賭けごとにふけること。悪い友だちとつき合うこと。働かずになまけることです」

千吉は一気に答えた。

「よく言ったぞ千吉！」

横で栄三郎が感嘆の声をあげた。

茂太郎は、がっくりと俯《うつむ》いた。

「よく覚えておけ茂太郎！　手前の親父の言葉を、年端《としは》もいかぬ子供がしっかりと言えるんだ。恥を知りやがれ！」

「へ、へへい……」

弥十郎に一喝されて、茂太郎はポロポロと泣き始めた。

「情けねえ野郎だ……。だが栄三先生よ。少しばかり、おれ達にも耳が痛いな。六つの口とはよう」

「まったくですね……」

弥十郎は、ニヤリと笑って、茂太郎を引っ立てて行った。

「何だか、かわいそうだなあ……」

茂太郎の姿を見送る千吉に、

「いけねえことをしたら、必ず報いがくるってことだ。お前が世話になった丹波屋は、これで救われるよ。さあ、おれ達は釣りだ釣りだ……」

栄三郎は、千吉の肩を叩くと、晴れ晴れとした表情で、己が目当ての船宿へ向かうのであった。

もちろん、今日の手入れのことは、聞かされていた栄三郎であった。

丹波屋が、代替わりによって左前になっていくことを憂《うれ》えた鮫島文蔵は、前原弥十郎に、茂太郎の素行を調べるよう頼んだ。すると、次々とよからぬ行状が明らかになり、弥十郎はついに今日の出役に及んだのである。

後に丹波屋は過料を科され、茂太郎は〝江戸払い〟となったが、店は身内から当主を立て、存続は許されることになった。

店のためにも、茂太郎のためにも、先行きよかったことと言えよう。

胸のすく裁きに、ほくそ笑む栄三郎――後は、取次の仕上げを残すのみ。


さらに数日後。

銀色長屋の大家の下《もと》に、南町与力・鮫島文蔵の若党《わかとう》が使者としてやって来た。

千吉とおはるに会って話したき儀があるゆえ、大家宅に呼び出してもらいたいとのこと。

南町与力の俄《にわか》の要請に、大家は舞いあがり、長屋の衆は、何事かと大騒ぎとなった。

もちろん、これも秋月栄三郎が鮫島文蔵と相談の上運んだ段取りである。

使者の到着を確かめ、栄三郎は又平を伴い、銀色長屋へ向かった。

これから何が始まるかを、千吉、おはる兄妹に伝え、長屋の衆を落ち着かせるためである。

「旦那、いよいよですねえ、あっしは嬉しくて仕方ありません」

又平は興奮気味に言った。

「まったくだ。今度ばかりは、いい取次をしたもんだぜ」

道行く栄三郎の足取りも軽かった。

ところが——。

真福寺橋を渡って、中ノ橋にさしかかった辺りで、向こうから必死で走ってくる、千吉とおはるの姿を見て、二人は立ち止まった。

「おい、千吉！　お前、どこへ行くつもりだ」

栄三郎がこれを呼び止めると、千吉は、はァはァと荒い息を吐きながら、

「ああ、先生！　大変なんだよ。役人がおいらを捕まえにきた」

——まったく千吉、とんだ勘違いをしたものだ。

「いや、千吉、それはお前を捕まえに来たんじゃねえよ」

栄三郎は千吉を落ち着かせようとしたが、おめでたい長屋の衆に、何を吹きこまれたか、千吉の興奮は収まらない。

「きっとこの前、おはるに見せてやりたくて、薬師堂の桜の枝を折って、家に持って帰ったことが、見つかったんだ」

「いや、そうじゃねえよ。まあ、落ち着けよ」

「これが落ち着いていられるかい。おいらが捕まれば、おはるはどうなるんだよ。あ！　来た！　おはる、逃げろ！」

折しも供の者を従えやって来た鮫島が、栄三郎と千吉の姿を遠目に認め、何事かとやって来たのである。

千吉は、おはるの手を引いて駆け出した。

「おい待て、千吉！　お前は頭がいいのに、何を思い違いしているんだよ！」

「誰もお前を捕まえに来やしねえよ！」

栄三郎と又平は、口々に叫びながらこれを追う。

「しまった！　使いの者が言葉足らずのようであった」

一見して、状況を呑み込んだ鮫島も、後を追って走り出した。

慌てて供の者達もこれを追う。

「これ千吉、待たぬか！　この後、お前達は、我が子となるのだ。これ、父から逃げる奴があるものか！　はッ、はッ、お前ほどの子を逃《のが》すものか。千の倉より子は宝だ！」

子供と大人の追いかけっこはしばし続いた。

見守る空は雲ひとつなく晴れ渡り、どこまでも穏やかであった。

第四話

お咲《さき》と三人の盗賊

一

片手に釈迦《しやか》像を携《たずさ》えた願人坊主《がんにんぼうず》が、

「とうきたり、お釈迦お釈迦……」

と呼ぶ声が辺りに響き渡った。

今年も四月の八日。釈尊の誕生を祝う灌仏会《かんぶつえ》の日がやって来た。

蔵前《くらまえ》の閻魔堂《えんまどう》は、例年のごとく参拝客で賑《にぎ》わっている。

その中でも、一際《ひときわ》人目を引く、美しい娘と童女の二人連れがある。

うす紅地の振袖姿も可憐《かれん》な娘は、大店《おおだな》の呉服商・田辺屋宗右衛門の末娘・お咲《さき》である。

傍《そば》にいる童女というのは、奉公人の子供で、おはなという。

母・おゆうが再嫁した、入谷《いりや》の寛助《かんすけ》という岡っ引きが実はとんだ悪人で、偶然にその秘事に触れ、危うく殺されそうになったところを、秋月栄三郎扮《ふん》する〝人形の神様〟に助けられた、あの愛らしい童女である。

事件の後、栄三郎の口ききで、おゆうは田辺屋に住み込みの女中として働くことを得て、おはなも母を助けつつ、〝手習い道場〟に田辺屋から通う暮らしを送っていた。

お咲は、このおはなが可愛《かわい》くて堪《たま》らぬようで、何かというと傍に置き、今日もおはなを供に連れて閻魔堂までやってきたのだ。

供に——と言っても、お咲の方がまだ七つのおはなの面倒を見てやりたくて連れてきたのである。

他の奉公人が一緒だと、おはなも気を遣うだろうと、他には誰一人同行させなかった。

ちょうど一年前は、同じこの閻魔堂の境内《けいだい》で、破落戸《ごろつき》達に絡《から》まれて、剣客・松田新兵衛に助けられたお咲であった。

しかし、その後、お咲はすっかり心を奪われてしまった新兵衛と、その剣友・秋月栄三郎に手ほどきを受け、天性持ち合わせた剣の才を開花させようとしている。

おはなと二人でいたとて、何も恐いものはない。

「いやいや、生兵法《なまびょうほう》は大怪我《おおけが》のもとと言うではないか……」

しかし、父親の宗右衛門はというと、娘の剣の上達を聞かされていても、そこは、目の中に入れても痛くないお咲のことである。気が気でない。

「そっと様子を見てやってくれないかい……」

と、三人の男衆を呼び出して、後を尾《つ》けさせることにした。

「承知致しやした。あっしら三人、命にかえてもお嬢様を、お守り致しやす……」

誰かれなしに明るい声をかけ、労《いたわ》ってくれるお咲は、田辺屋で働く者から愛されている。

三人の男もお咲の後を尾け、これを見守るという栄誉に、身震いするほど勇んで蔵前へと出かけたのである。

「おう！　目を離すんじゃねえぞ……。お咲お嬢さんに、もしものことがあれば、田辺屋の旦那に合わせる顔もねえってもんだ」

「わかっているよ兄貴、心配しねえでもこの前、道場を覗《のぞ》いてみたら、お嬢さん、なかなか大したもんだったぜ」

「おれ達兄弟よりよほど強いかもしれねえな……」

軽口を叩《たた》きつつ、灌仏会の賑わいの中、お咲の姿を窺《うかが》う三人は兄弟である。

勘太《かんた》、乙次《おとじ》、千三《せんぞう》――かつては、暴れ者でちょっとは知られ〝こんにゃく三兄弟〟と呼ばれていた。

こんにゃく島の盛り場で、行商相手に乱暴を働いたりして、よたっているところを〝怪傑・白般若《しろはんにゃ》〟に扮した栄三郎に懲《こ》らしめられた後、三人は白般若の口ききで、田辺屋で、力仕事や警衛を任されるようになった。今では心を入れかえて、宗右衛門の人柄にも惚《ほ》れこみ、まっとうに暮らしているのだ。

それにしても――。

おゆう、おはな母娘といい、この、こんにゃく三兄弟といい、秋月栄三郎が気にかけていると見るや、田辺屋宗右衛門はすぐにこれを引き受けてしまう。

手習い道場の地主であるということだけでは足りずに、よほど栄三郎と関わっていたいのであろう。

「兄貴、この前道場を覗いた時、栄三っていう先生の声を聞いて何か思わなかったか」

乙次が言った。

「なかなか色気のある声だったぜ」

「そういうことじゃねえよ！　ほら、あん時の白般若……」

「白般若？」

「わかったよ。そういえば、面の下から聞こえた声が似ているような気がするぜ」

千三が相槌《あいづち》を打った。

「そうか……。あのお人がそうだってえなら頷《うなず》けるぜ。よし……おれは決めたぜ」

「兄貴、ひょっとして、お前、仕返しするつもりじゃあ……」

「馬鹿野郎！」

勘太は乙次の言葉を遮《さえぎ》った。

「おれ達に仕返しが出来るわけはねえだろ。やっとうの弟子にしてもらうのよ」

「なるほど、そいつはいいな……」

千三が、また相槌を打った。

「おれ達は、白般若様のお蔭《かげ》で、ちったあまっとうに暮らすことができるようになったんだぜ。これからは、盃《さかずき》をもらうつもりで、弟子にしてもらうんだよ」

三人は威勢よく頷き合った。

どうにも間の抜けた様子は相変わらずだが、彼らなりの分別が出来てきた、こんにゃく三兄弟である。

この兄弟達とは別に、お咲とおはなの姿を雑踏の隙間《すきま》から目で追う連中が居た。

「おい、ヨシ公、あの娘はあん時の……」

「本当だぜ、あの面《つら》アは忘れねえ……」

この連中は、前述の、去年お咲に因縁をつけ、金をせびろうとして、松田新兵衛に叩き伏せられた遊び人である。

「あの女め、調子にのりやがって、あん時おれの頭を草履《ぞうり》で打ちやがった……」

ヨシ公は忌々《いまいま》しそうに唸《うな》った。

今日は三人連れであるが、見れば相手は童女と二人きりのようだ。

たちまち悪事の相談はまとまって、遊び人達は、お咲の前に立ち塞がった。

こんにゃく三兄弟と違って、こいつらは、未《いま》だ悪の道から立ち直っていないようだ。

「おう、娘さん、久し振りだなあ……」

ヨシ公は、お咲に薄ら笑いを向けた。

「そういうあなた達は、確か一年前の……」

お咲は、悠然として応《こた》えた。

「覚えていてくれたとは嬉しいねえ。あん時、お前に草履で打たれた頭が、時折うずいて仕方がねえ」

「それでまた、絡みに来てくれたのですか」

「妙な言い回しをするんじゃねえや。ちょいと顔をかしてくんな」

「顔をかす？　ここで話はつきましょう」

「話をつけてえなら、こっちも料簡《りょうけん》してやってもいいが、一分《ぶ》、二分の目くされ金じゃあ、すまされねえぜ」

「心配は御無用に。一文《もん》も出すつもりはございませんから」

「何だと……。いつまでも振袖着やがって、手前《てめえ》、おれ達をこけにするつもりかい……」

「いつまで振袖を着ようが、こちらの勝手ですよ」

お咲の目が吊《つ》り上がった。

愛《いと》しい殿御の松田新兵衛は、自らを修行中の身と戒《いまし》めて、お咲の気持ちを知りつつも、依然〝女〟として接してはくれぬ。

こんな振袖は脱ぎ捨てて、いつでも新兵衛の厚い胸板にとび込むつもりでいるものを――。

「ああ、頭にきた……」

「頭にくるのはこっちだぜ。おう、お前、そのきれいな顔に疵《きず》をつけられたくねえなら、きっちりと詫《わ》びを入れな……」

凄《すご》むヨシ公には目もくれず、お咲は、

「ちょっとの間、飴屋《あめや》さんの前にいてちょうだい」

と、不安げに成り行きを見ている、おはなに頰笑《ほほえ》んだ。

「でも、お嬢さま……」

奉公人として、きっちりとお供をするようにと、母・おゆうから含められているおはなは、健気《けなげ》にも、お咲を庇《かば》おうとした。

「いいから、すぐにすむからね」

お咲はそれを促《うなが》して、向こうの飴売りの方へ行かせると、傍の〝ふかし芋〟の屋台の親爺《おやじ》に、

「ちょっとこれを、お借り致しますよ」

と断って、火吹き竹を手にした。

「兄貴、お嬢さん、どうやらあの野郎達に、難癖をつけられているみてえだぜ」

屋台の親爺と同じく、あまりに落ち着いて話しているので、お咲がまさか絡ま

れていようとは思わず、ヨシ公とのやり取りを怪訝《けげん》な目で見ていたこんにゃく三兄弟も、今、お咲が何を始めようとしているかがわかって、

「こいつはいけねえ！　乙次、千三、行くぜ」

と、人込みをかき分けて、お咲の方へと走った。

しかし、その時――。

「さあ、顔に疵をつけられるものなら、つけてみなさい！　こっちも怒った、容《よう》赦《しゃ》はしませんよ」

ちょうど習い覚えた剣術を、実戦で使いたくて仕方がなかった頃――お咲は、揶《や》揄《ゆ》された振袖姿に見事なる小太刀の構えを見せ、ヨシ公達に啖呵《たんか》をきった。

「ふざけるんじゃねえ！　この御転婆《おてんば》が！」

なめられて堪るかと、ヨシ公は、お咲の腕を押さえようと、摑《つか》みかかった。

しかし、その出鼻、

「えいッ！」

とばかり、繰《く》り出されたお咲の、火吹き竹による一撃が、ヨシ公の面を打った。

「痛《いて》ェッ！」

ヨシ公は、あえなくその場に崩《くず》れ落ちた。

その時には、お咲の体は左に回りこんでいて、慌《あわ》てて腕まくりした一人の胴に、突きを喰《く》らわせていた。

「て、手前……！」

残った一人は、お定まりの匕首《あいくち》を抜いての虚仮威《こけおど》し——その匕首は、ツツーッと間合に入ったお咲が、

「やあッ！」

と、打ちこんだ、火吹き竹による小手《こて》の一撃で、たちまち打ち落とされていた。

「お嬢さん！」

そこへ駆けつけた三兄弟が、匕首を打ち落とされ呆然《ぼうぜん》とする一人を、

「この野郎！」

と、叩き伏せ、匕首を奪った。

「お嬢さま！」

飴屋の前で心配そうに見ていたおはなも、お咲の許《もと》へと駆け戻った。

天女《てんにょ》が舞うかの如《ごと》く、たちまちのうちに三人の破落戸を火吹き竹一本でやりこ

めたお咲を見て、参拝客達はやんやの喝采《かっさい》をおくった。

「おはなちゃん、もう心配いらないからね……。あら、勘太さん、乙次さん、千三さん、来ていたの……。いやだわ、どうしましょう……お父《とっ》つぁんに叱《しか》られるわ……」

恥じらうお咲のととのった顔が朱色に染まり、ますます美しい。

「これは火吹き竹をお借りした御礼に……」

お咲は、ますます自分に注がれる視線に耐えきれず、ふかし芋の親爺に心付けを手渡すと、おはなを連れて、さっさとその場を後にした。

「おう、御免よ！」

こんにゃく三兄弟は、誇らしい思いにうきうきとして、その露払いをして、共に田辺屋へ戻るのであった。

お咲の剣の腕はもはや、生半可《なまはんか》なものではない……。

二

「まったく女だてらに何ということをしてくれるんだい。むやみやたらと、剣術の技など使わぬように、秋月先生からも叱ってやって下さりませ」

また少し、目方が増えた感のある田辺屋宗右衛門が、顔の汗をせわしなく手拭《てぬぐ》いで拭《ふ》きつつ苦笑いを浮かべた。

蔵前の閻魔堂でのことは、父・宗右衛門には内緒にしておくよう、おはなにも、こんにゃく三兄弟にも言い含めておいたお咲であるが、あれだけの武勇伝を、おはなはともかく、三兄弟が黙っていられるはずはない。

店の者にこっそり話したのが、宗右衛門の耳に入り、秋月栄三郎が呼び出されたわけだ。

とは言うものの、お咲が剣術を学ぶことを、自らも後押しをしてきた宗右衛門である。その成果を聞いて嬉しからぬはずはない。もったいをつけて、栄三郎を呼び出す口実にしたかったのが本音である。

その辺の機微がわからぬ栄三郎ではない。

宗右衛門の言うことに相槌を打ちつつ、お咲の戦い振りを聞いて、それでよしと誉《ほ》めてやるのであった。

「まったく、勘太さん達ときたら、おしゃべりなんだから……」

お咲が口をとがらせるのを見て、

「あの三兄弟も、少しは役に立っているようですな」

栄三郎は嬉しそうに笑って、

「まあ、お父上の申される通り、あまり己《おの》が腕は誇らぬことだな」

「申し訳ありません」

「こういう折だから、岸裏先生と、新兵衛にも意見してもらおう」

「ほんとうですか？」

お咲の顔がぱッと華やいだ。

「ああ、又平が呼びに行っている」

「ありがとうございます！」

「意見をされる身が、そんなに嬉しそうな顔をしてどうするんだい」

宗右衛門は、恰幅《かっぷく》のいい体を揺すって笑った。

愛しい新兵衛の前で、すっかりとしおらしくなる、お咲の変わり様を見るのは楽しみである。

栄三郎と新兵衛の師・岸裏伝兵衛は、依然江戸に居る。今は、兄弟子である蛭《ひる》川菊右衛門《かわきくえもん》の道場に滞在していて、今日は新兵衛も稽古《けいこ》に赴《おもむ》いていた。

一会《いちえ》以来、宗右衛門は、栄三郎と新兵衛の両方の気質を持ち合わせた伝兵衛の人となりにもすっかり感服し、折あらばもっとあれこれ話を聞きたいと、日頃栄三郎に言っていた。

手習い道場の地主であり、良き理解者にして、取次屋の上得意である宗右衛門のこと。栄三郎はその想いを粗末にはしない。

ほどなく、伝兵衛と新兵衛が、又平と共にやって来て、田辺屋の奥座敷での、和《なご》やかな酒宴が始まった。

「岸裏先生までお呼びたて致しまして、まことに申し訳ございません……」

「いやいや、某《それがし》、栄三郎に誘われて、楽しみにして参った次第にて」

恐縮する宗右衛門に、いかにもここへ来るのが楽しそうな表情で応える伝兵衛であるが、元来、気まぐれな伝兵衛が、田辺屋には、ほいほいとやって来るには理由があると、栄三郎は見ていた。

「さあ、先生、どうぞ……」

と、給仕に出てくる、住み込みの女中・おゆうをどうやら気に入っているようなのだ。

胸や腰の辺りにほどよく肉がついている〝ぼっとり者〟――。

重ねた苦労を表に出すまいと、笑顔を絶やさない――。

生涯一剣客を通さんと、未だ独り身《ひと》とはいえ、そんな女が伝兵衛の好みであることを、栄三郎はしっかりと覚えている。

「おお、これは、おゆう殿、娘御（おはな）は達者にしておるかな……」

宗右衛門に、武者修行の間に得た珍しい話などを熱く語るのも、横で感心して聞いてくれるおゆうが居てのこと——。

新兵衛はというと、三人を相手にした時は、かく戦うべきだと、真面目《まじめ》にお咲に教えつつ、その剣の上達を喜んでやっている。

伝兵衛が本所番場《ほんじょばんば》町に道場を構えていた頃は、剣の師弟としての緊張に日々包まれていた。

それが、互いに一剣客となって、今このように盃《か》を交わすと、誰よりも気心が知れている間だけに、栄三郎は何とも落ち着いて、ほのぼのとした心地になる。

こういう一時を過ごすために、若き日は苦労を重ねてきたのではないかとさえ思われる。

ただ何となく日々を楽しみ、何となく難関に行き合うことを避けて暮らしてきた、余《よ》の三十男などには逆立ちしたとて、この幸せがわかるまい。

分限者《ぶげんしゃ》として世に成功を収めた宗右衛門には、伝兵衛という師と新兵衛という友を持ち合わせた、栄三郎の幸せぶりが痛いほどわかる。

それゆえに、少しでもその幸せにあやかりたいのである。

とにかく――三剣客が、お咲の成長を賛《たた》え、御転婆ぶりを戒めて、酒宴はこれから大いに盛りあがろうとした時であった。

仕事を片づけ、相伴《しょうばん》にあずかることになっていた、田辺屋の跡取り息子・松《まつ》太郎《たろう》が、奥の座敷へとやって来て、

「南町の前原様がおこしですが……」

あの説教おやじ、前原弥十郎の来訪を告げた。

「何しに来たんでしょうねえ……」

三剣客と一緒とあって、おゆうと共に給仕役に回っていた又平が、この時ばかりは遠慮のない声をあげた。

「あの旦那の間の悪さは、いつものことですよ。こちらで一杯、御一緒にいかがですかと、御案内さしあげておくれ。先生方、それでよろしゅうございますね」

とりなすように宗右衛門が言うので、一同は仕方があるまいとこれに従った。

しかし、松太郎に案内されてやって来た前原弥十郎の表情はいつになく硬く、

「用件だけを伝えに来たんだが、お歴々が一緒なら話が早いと、ここまでしゃし

やり出た次第にて、まず、ご容赦願いたい」

話す言葉も殊勝《しゅしょう》である。

面倒くさい男でも、そこは役人である。用件を伝えに来たと言われて、一同は姿勢を正して、弥十郎を見た。

「前原様、その御用件とはいったい……」

宗右衛門が訊《たず》ねた。

「お前さんの娘の、今回の武勇伝が御奉行の耳に届いてな。是非、田辺屋の主《あるじ》と、ここに居る先生方共々、会って話を聞きたいとのことなんだ」

「まさか……、お奉行様が……」

お咲が、恥ずかしそうに俯《うつむ》いた。

「何も恥ずかしがることはねえよ……」

弥十郎の硬い表情に、微笑が浮かんだ。

破落戸のヨシ公達は、お咲が去った後、居合わせた町の衆に捕《と》えられ、境内の外で、騒ぎを聞きつけてやって来た町役人に引き渡された。

「それに立ち会ったのがこのおれよ。振袖姿でやっとうを使う箱入り娘と聞きゃあ、田辺屋の娘しかあるめえ」

奉行所に戻って、上役にこの話をしたところ、弥十郎はすぐに奉行・根岸肥前守に呼び出され、秋月栄三郎に松田新兵衛、さらに、出入りの田辺屋宗右衛門からかねてその人となりを聞き及んでいた、二人の師・岸裏伝兵衛を含め、会って話がしたいとの言伝《ことづ》てを申しつけられたという。

「こいつは、誇らしいことだぜ」

「御奉行様にお言葉を頂戴できるとは、身の誉《ほま》れにございます。わざわざのお運び、ありがとうございます」

宗右衛門が頭を下げると、伝兵衛も少し興奮気味に、

「御召しの儀、謹《つつし》んでお受け致すが、いつ、参上致せばようござろう」

と、前原に問うた。

「それが……。俄《にわか》な話ではござるが、これより御足労願いたいとのことにて……」

──これより？

一同は、ぽかんとして、まじまじと弥十郎を見た。

三

「お前さんがお咲かい。前に一度、梅見だったか、菊見だったかで、会ったことがあるはずだが、随分《ずいぶん》と大人になって見違えたぜ……」

南町奉行・根岸肥前守は、お咲を一目見るや、くだけた口調で相好《そうごう》を崩した。

前原弥十郎の言伝てを受け、田辺屋父娘と共に伝兵衛、栄三郎、新兵衛師弟は、直《ただ》ちに肥前守が待つという、鉄砲洲《てっぽうず》の船宿に向かった。

又平はさすがに遠慮をしたが、

「なに、あちらの都合に合わせるんだ。一緒に来な」

栄三郎はそう言って共に連れてきた。

こういうところ、栄三郎は相手が誰であろうと遠慮はしない。むしろそれが礼儀であると思っている。

「皆でお楽しみのところを邪魔したようだが、ここはひとつ、おれも仲間に入れてくんな」

若き日の放蕩《ほうとう》を経て、江戸町奉行にまでなった肥前守のことである。

言葉のひとつひとつが滋味《じみ》に溢《あふ》れている。

初めて御意を得た岸裏伝兵衛は、たちまち信奉者となったようだ。

〝振袖剣客〟と評判を呼んだお咲の勇姿を、

「この目で見てみたかったぜ、よく仕込んだもんだな、秋月先生……」

と、手放しで喜ぶ肥前守に、伝兵衛は、

「栄三郎は、某の許で修行を致しておりました頃より、剣術指南においては、なかなかのものがございまして……」

などと、調子のいいことを言って、さり気なく、お咲が自分の孫弟子であることを、言葉の端々にちりばめた。

「秋月栄三郎、松田新兵衛……岸裏先生は、うまい具合に弟子を育てなされたものだ……」

遂《つい》には、肥前守にそう言わしめて、得意満面となった。

師の上機嫌を見て、目を細める栄三郎と新兵衛であったが、町奉行ほどの重職を担《にな》う者が、お咲の武勇伝を聞くや、わざわざ微行で船宿に一同を呼び出したことについて、

――何かある。

と、思わずにはいられず、先ほどからどうにも落ち着かないでいた。

その思いは宗右衛門も同じで、このところ方々で強請《ゆすり》、集《たか》りを繰り返していた〝ヨシ公〟達を見事に叩き伏せた娘が〝天晴《あっぱ》れ〟と賞されたことは嬉しい反面、気が気ではなく、

「御奉行様、ただ、娘の武道の成果をお誉め頂くために、お招き下さりましたのでございましょうか。他に何か御用がおありなのでは……」

そう切り出した。

「ちょいと、前置きが長すぎたかな……」

問われて肥前守は、苦笑いを浮かべた。

「実はみっともねえ話なんだが……。差し迫ったことで、おれとしたことが思案に窮《きゅう》してしまってな。そんな時、お咲の話を聞いて、その腕を見込んで無理を承知の頼み事を聞いてもらいたくなったというわけだ」

「と、申しますと……」

たちまち一同に緊張がはしった。

「お咲に、牢《ろう》へ入ってはもらえぬか」

「何と……」

あまりの意外な言葉に、宗右衛門は、口をあんぐりと開いたまま、しばし肥前守を見つめた。

「いや、驚くのも無理はない。それだけ、おれがせっぱつまっているということだ」

しかしお咲は、奉行の言葉を聞くや興味を引かれて、

「どうか、仔細《しさい》をお聞かせ下さいませ。わたくしを見込んでのお言葉でございましたら、是非もございません」

宗右衛門が答えるのを待たずに、まず、肥前守の頼みを引き受けてしまった。

――地主殿も、頭の痛い話だ。

栄三郎は、勝気で行動力豊かな、この美しい門人なら、物珍しさに、風呂へ入るような気安さで、牢へ入るであろうと見た。

新兵衛も、〝やれやれ〟という表情を浮かべて栄三郎に目配《めくば》せをした。

何かは知らねど、お咲を守ってやらねばなるまいと、その目は言っていた。

修行の身に女は不要と、お咲の気持ちを知りつつ、剣術教授の他は、まるで素っ気ない新兵衛であるが、少しでも自分の心境に近付こうとして、娘の身で剣術を始めたいじらしさは胸に受けとめている。いざという時は、命をかけて守って

やろうと思い定めている。

「くれぐれも他言無用に、な」

肥前守の眼付き、口調は、いつしか奉行のそれに変わっている。

言うまでもない――一同は畏《かしこ》まって、肥前守の話を聞いた。

それによると――。

今日の夕刻、茅場《かやば》町の大番屋に、一人の女が連行され、牢へ留め置かれた。

女は、霊岸島の北、箱崎《はこざき》町で絵草子屋を営む、お辰《たつ》という。二年ほど前に木更《きさら》津《づ》から江戸へ出て、老爺《ろうや》を一人店に置き、自分はほとんど店に出ることもなく、仕入れに出かけたり、習い事に行ったり、ひっそりとしてはいるが、なかなか優雅な暮らしを送っている。

歳《とし》の頃は二十七、八。小股の切れ上がったちょっといい女で、木更津で囲い者の暮らしをしていたのが、旦那の死によって、幾ばくかの金をもらって江戸へ出て来たらしい。

そういう女には、当然の如く、男がたかってくる。

鳶《とび》の七五郎《しちごろう》という男が、すっかり惚れてしまって、お辰の絵草子屋に日参して、あれこれ気を引こうとしたが、お辰は七五郎に限らず、まるで男を相手にしなかった。

それが、今日、どういう風の吹き回しか、お辰は自分の方から七五郎を誘い、近くの居酒屋で、まだ陽《ひ》の高いうちから飲み始めた。

別段、七五郎に心を許したわけではなく、何か屈託を抱え、飲みたい気分であったようだ。

だが、天にも昇る心地の七五郎は、ここぞとばかりに、お辰の気を引こうと、あれこれ調子のいいことを言って、お辰を酔わせたことから雲行きが怪しくなった。

この辺に住みながら、滅多と人前で酒など飲んだことのないお辰は、実は恐るべきうわばみであった。

おまけに、気が強いことこの上ない本性も、七五郎はここで思い知らされることになる。

あまりの飲みっぷりに見とれてしまった店の客に、

「何をじろじろ見てやがんだ、この助平野郎が！」

と、絡み始め、恰好《かっこう》をつけて間に入った七五郎が、仕事が終わって一息ついて飲んでいた魚屋の若い衆と喧嘩《けんか》になり、やがてそれが酔客《すいきゃく》が入り乱れての大喧嘩へと発展したのであった。

哀れ七五郎は、いい女を連れている男の宿命で、最大の標的となり散々に殴られ、魚屋の方も、お辰にちろりで頭を割られるわ、箸《はし》で足の甲を突かれるわで悲惨なことになった。

男達は駆けつけた役人に叱られ、その場で解放されたが、元凶となったお辰は、悪質だということで大番屋に連れて行かれたというわけだ。

「だが、この女を大番屋まで連れて行ったのには、本当のところ深い理由《わけ》があるんだ……」

たまたま巡回中に、この喧嘩に遭遇した、臨時廻《まわ》り同心・中沢信一郎《なかざわしんいちろう》が、お辰の顔に見覚えがあったからだ。

「それが、中沢の話では、少し前に、盗賊改に斬られて死んだ、弦巻《つるまき》の角蔵《かくぞう》の情婦《いろ》じゃあねえかと」

「お辰という女の身許は、作られたものであったのですか」

栄三郎が問うた。

「いや、調べたところ人別《にんべつ》に間違いはない」

「では、顔に見覚えがあるというだけのことですか」

「そういうことだ。だが、中沢という男の勘働きは大したものでな。角蔵の情婦が、木更津から来たお辰という女に成りすましたってことも考えられる」

盗賊・弦巻の角蔵の情婦は、〝九尾《きゆうび》のお紺《こん》〟と異名をとる女賊で、自らも押し込みに加わり、非道にも人を殺《あや》めることから、〝九尾の狐《きつね》〟の化身と言われるほどの大悪党なのである。

弦巻一味を追い詰めていた中沢は、角蔵がお紺と密会をしているとの噂《うわさ》を耳にして、柳橋《やなぎばし》の船宿を急襲するが、間一髪、角蔵とお紺は船宿を脱し、囲みの態勢が取りきれぬ町方の盲点をついて、猪牙舟《ちよきぶね》で神田《かんだ》川に漕《こ》ぎ出していた。

地団駄を踏んで、船宿の窓から川面《かわも》を見つめた中沢の目に、猪牙舟の上で勝ち誇ったように笑う女の顔がとびこんだ。

舟はたちまち水路を行き交う船群の中に呑《の》まれていったが、その時、一瞬目に刻んだ女賊の顔は忘れるものではなかった。

以前、栄三郎は〝人形の神様〟に扮して、今は田辺屋に奉公をする、おゆう、おはな母娘を助けた。その時、前原弥十郎と共に、母娘殺害を企てた岡っ引き・入谷の寛助捕縛に向かった中沢信一郎のことは、優秀なる手練《てだれ》の同心として記憶している。

彼の勘は、奉行も認めるところなのであろう。しかし、弦巻一味は尽《ことごと》く、盗賊改による捕物の際に斬り死にして、お紺の面体《めんてい》を検《あらた》められる者はいない。似ているというだけで拷問《ごうもん》にかけるわけにもいかない。

「なに、お紺の罪をあばくだけなら、知らぬ顔をして解き放ち、じっくり調べを進めながら、泳がせて、まことお辰かどうか、真偽のほどを探りゃあいい。おれがこの女にこだわるにはさらに理由があってな……」

弦巻の角蔵には、うず潮の桂次《けいじ》という弟分がいる。これもまた、角蔵に輪をかけた凶悪無類の盗賊で、今は角蔵と袂《たもと》を分《わか》ち、名古屋《なごや》から、京、大坂で、押し込み強盗を働いている、天下のお尋ね者である。

これが、弦巻一味なき後、江戸に戻っているのではないかという情報が入っているのだ。

「桂次が角蔵と袂を分った理由《わけ》ってえのが、お紺なのだそうだ」

桂次はぞっこん、お紺に惚れていたが、これを角蔵に寝盗《ねと》られた。お紺のことで仲間内が乱れてはならないと、桂次は新たに一家を立て、江戸を出たのである。

「情け容赦のない人殺しが、そういうところは、何ともしおらしゅうございますな……」

　伝兵衛が妙に感心した。

　人の表裏を面白がる、いかにも師が好きそうな話だと、栄三郎は心の内で笑いつつ、

「つまり御奉行は、お咲を咎人《とがにん》として大番屋に送りこみ、お辰の懐《ふところ》の内に入らせ、これがお紺ならば、角蔵が死んだ今、うず潮の桂次が近寄ってくるであろうゆえ……」

「奴《やつ》らをおびき寄せ、一気に捕《とら》まえてやりたいと思っているのだ」

「それならばお奉行様、どうぞわたくしを牢へ……」

　お咲は目を輝かせて、肥前守に自ら申し出た。

「待ちなさい！」

　さすがにこれを宗右衛門が窘《たしな》めた。

「御奉行様、確かに、娘は武芸を身に備えております。とは申しましても、そこは苦労知らずのお嬢様育ち、お咲にはあまりに荷が重すぎます」

　言われてお咲は色めきたち、

「お父つぁん、苦労知らずのお嬢様育ちかどうか、その目で確かめてみたらよう

ございましょう」

宗右衛門の言葉がさらにお咲の闘志に火をつけてしまった。

「これ、父御のお気持ちもお察しせぬか……」

新兵衛が窘めて、お咲は黙って下を向いた。

宗右衛門も新兵衛に頭を下げて一息ついた。

「某の見たところ、盗人《ぬすっと》共は用心深《ぶこ》うござる。酒場での喧嘩を咎《とが》められたとはいえ、町役人の手にかかった上は、この先、たとえお辰がお紺であったとて、お咲に心も開くまいし、桂次なる者も、もう二度とお紺には近づかぬかと……」

「うむ……」

新兵衛の意見に、肥前守は頷いて、

「秋月先生はどう思う……」

今度は栄三郎に問うてきた。

「お辰がお紺だとしたら、お紺と桂次を捕まえるのは今でござりましょう。間夫《まぶ》が殺されて、手前に惚れているもう一人の盗人の頭《かしら》が江戸へ戻ってきた……。心の内が揺れ動いて、何やら飲みたい気分となって、居酒屋でつい度を過ごして暴れてしまった。盗人がこんなへまをやらかすのは、女賊に女の心が宿っているということでしょう」

「おれもそう思うんだ……」

肥前守はニヤリと笑った。

「奴らにつけ入る隙《すき》は今ならある。だがちょいと今、南町は手詰まりでな。どうもこっちの動きを連中に読まれていたような……」

「御役所の内に、内通している者がいるのでしょうか」

話を聞くに、最後は火付盗賊改に手柄を攫《さら》われてしまったことも、栄三郎には疑問に思えた。

「いや、いつの間にか向こうに動きを読まれている……。そういう仕掛けを奴らは巧みに巡らしやがったのだろうよ」

肥前守は、少し渋い表情を作った。

「そうでしたか……。御奉行様におかれましてはそれゆえに、娘と先生方を、密《ひそ》やかにこれへ……」

宗右衛門も、また渋面《じゆうめん》で頷いた。

ここで、腕組みをして考えこんでいた伝兵衛が何か考えに及んだか、肥前守に膝《ひざ》を進めた。

「某、御奉行が、お咲を送りこんだ後、何をなさろうとしているか、おぼろげながらわかりました。どうぞ、敵に顔が売れておらぬ、我らをお使い下さりませ」

師の言葉に、栄三郎、新兵衛、お咲、忘れてもらっては困ると、又平が威儀《いぎ》を正した。

時を逸《いっ》すれば、盗人共は闇に紛《まぎ》れてしまうであろう。娘には、頼りになるこの面々がついているのだ——宗右衛門は、お咲の意志に任そうと腹を決めた。

「さすがは岸裏先生だ。この肥前が咄嗟《とっさ》の思いつき、お察しあるか……」

しばし、伝兵衛の意見を聞いた肥前守は、やがて満面の笑みを浮かべた。

その夜——船宿での酒宴は遅くまで続いた。

四

「ねえ、家へ帰しておくんなさいまし……」

大番屋の仮牢から、女の疲れきった声が聞こえてきた。

夜明けを迎えた大番屋に、朝の光が射《さ》しはじめ、酔いつぶれていた、お辰なる女が目を覚ましたのである。

「あたしは何も悪くはないんですよ。あの、七五郎って馬鹿が、無理に酒をすすめるもんだから、つい酔っ払っちまいまして……。よく覚えていないのですよ。どうしてあたしだけこんな所に入れられないといけないんです。女一人が、酔って暴れたところで、大したこともないでしょう」

「大したことがないだと……」

番人がふっと笑った。

「店の内は物が壊れてひどいことになった上に、魚屋の一人は頭をちろりで割られて血だらけだ。もう一人の方は箸で足を刺されて、歩けねえとくらあ」

「まさか、誰がそんなことを……」

「みんなお前がやったんだよ！」

「うそでしょう。女のあたしに出来ることじゃあありませんよ……」

「それをやってのけたんだから、大したもんだ。お前はただ者じゃあねえ。取り調べると、御役所の旦那方がそう仰《おお》せだ」

「酔ったはずみですよ。絵草子屋の、何をお取り調べになるんですよ……」

「とにかく、お前の掛かりの旦那は、今日はあれこれお忙しい。お調べに来られるまでじっとしているんだな」

「じっとしているしかありませんよ。せめて手鎖《てぐさり》を外しておくんなさいまし……」

昨日の夕――暴れ回ったお辰の手は、手鎖で縛《いまし》められ、それが天井から垂れ下がっている鎖につながれていた。

――いい歳をして、酒でしくじるなんて。

お辰は自嘲《じちょう》の笑いをもらすと、どうにでもなれと、捨て鉢な気持ちになっていた。

そこへ――。

「何しやがんだい、離しやがれ、このクソ役人が！」

口汚い娘の叫び声が聞こえたかと思うと、廻り方の同心が、小者二人に町娘を引っ立てさせて、大番屋の内へと入ってきた。

「あたしがいったい何をしたってんだい。ただ路地をうろうろしてただけだろうよ！」

娘は、同心を罵《ののし》り続けた。

年の頃は十七、八。黒の小紋に、男ものの羽織を引っかけ、帯を男のように下に締めている様子は、いかにも町の不良娘といったところである。

「静かにしろい！」

同心は、不良娘を一喝した。

「町をよたっているだけなら、少しは大目に見てやるが、おせん、お前近頃、妙な野郎達とつるんでいるそうじゃねえか」

「あんたには、関わりのないこった」

不良娘の口は減らぬ。

「そうかもしれねえ。だがよう、お前が石動《いするぎ》の惣五郎《そうごろう》の孫娘だってことがわかりゃあ、その妙な野郎が気にならあ」

――石動の惣五郎？

その言葉を聞いて、牢にいるお辰の顔に一瞬驚きの表情が浮かんだ。

「誰だい、その石動の惣五郎って奴は。あたしはねえ、生まれた時から一人なんだよ」

「まあいいや。これからじっくりと調べてやらあ……」

お辰の動揺をよそに、不良娘は吠《ほ》え、同心は意味ありげに、それを受け流した。

そして、お辰が入れられている仮牢の方を見て、

「この女が何者か、それを知るのも楽しみだ。おう、おせんを牢につないでおけ」

同心は、小者にそう命じて、不敵な笑いを浮かべて立ち去った。

「馬鹿野郎！　覚えていやがれ！　まん丸顔の下衆《げす》野郎が！」

おせんと呼ばれた不良娘は、お辰の隣《となり》に鎖でつながれる間、悪態をつき続けた。

このおせんこそ、田辺屋の箱入り娘・お咲の変装した姿である。お咲に、〝まん丸顔の下衆野郎！〟と罵られた同心は、前原弥十郎であった。

根岸肥前守の要請に応え、お咲は遂に、大番屋の牢に潜入した。

肥前守からこの策をそっと告げられた弥十郎は、剣術の才はあっても、不良娘に成ることが果たして出来るものかと、お咲のことを案じたものだが、いざ不良娘を演じると、これが小憎らしいほど様になっていて、罵られると、真剣に腹が立つほどであった。

「まん丸顔の下衆野郎！」

一度、本人に叫んでやりたかった台詞《せりふ》である。着ているものといい、初めての経験に、お咲は内心でははしゃいでいた。

仮牢に押し籠《こ》められたお咲は、お辰と同じく手鎖をつけられ、天井から下がった鎖につながれたが、鎖の長さには余裕があり、お辰の傍近くに寄ることができた。

「姐《ねえ》さん、騒がせちまったねえ」

一端《いっぱし》の愛想《あいそ》をつかう、この小娘を見て、お辰の血が騒いだ。

——この娘、ただ者じゃあない。

色白で華奢《きゃしゃ》な風に見えるが、体は引き締まっていて、袖口から覗く腕には、幾《いく》つもの傷が見え隠れする。

もちろん、これはお咲の剣術修行の〝成果〟であるが、まさか大店《おおだな》の箱入り娘が人知れず剣術にいそしみ、不良娘となって大番屋へ連行されてくるなど、余の者は思いつくまい。

「まったくしくじったよ……。常日頃なら、あんな木っ端《こっぱ》役人の五人や六人、いきなり蹴散《けち》らしてやるのに、昨夜、ちょいと飲みすぎちまって、朝は力が入らないとくらァ」

この先、取り調べが待っているというのに、平気な顔をしているのも、胆《きも》が据わっているではないか。

その上にこの娘――石動の惣五郎の孫娘だと、先ほどの同心が言っていたのが何とも気になる。

この名を知ることによって、お辰が、堅気《かたぎ》の女でないことが知れよう。

石動の惣五郎というのは、二十数年前に捕えられ獄死した、盗人の大立者《おおだてもの》である。

弦巻一味、うず潮一味のような、盗みに入った先で、手当たり次第に家人を殺し、火をつけるような凶悪な盗賊ではなく、生涯、一人も殺《あや》めぬというのを信条としていた。

それゆえに、死して二十年以上経《た》った今も、盗人達から敬われ、その筋の噂話に、惣五郎には孫娘が一人居て、これを頭に戴《いただ》き、再び石動一家を興《おこ》す動きが、かつての残党の中で高まっていると、実《まこと》しやかに囁《ささや》かれていたのである。

――なるほど、この娘がそうであれば、その気運にも頷ける。

絵草子屋の女主人を気取るお辰は、血が騒ぐのを覚えた。

臨時廻り同心・中沢信一郎の勘は、見事に当たっていた。このお辰こそ、女賊・九尾のお紺の世を忍ぶ仮の姿であった。

町奉行・根岸肥前守は、盗人の間に広まる石動一味の噂を逆手《さかて》にとって、お咲の看板に使ったのである。

大番屋の外では、鎧《よろい》の渡しに続く日本橋《にほんばし》川岸で、川浚《かわざら》えの普請《ふしん》が行われていて、人夫の声や、作業の音が喧《かまびす》しい。

その騒音にまぎれて、お辰……、いや、お紺は、さり気なくおせんと言われる娘に声をかけてみた。

「お前さんのことを、さっきの役人は石動の惣五郎の孫だとか言っていたが……」

「そうらしいねえ。あたしは、惣五郎って大泥棒が、千住《せんじゅ》の宿場女郎に生ませたっていう娘の、そのまた娘だそうだよ」

「それだけで捕えられるとは、お気の毒だねえ……」

「物心がついた時には、親にはぐれていたっていうのに、因果《いんが》な話だよ」

お咲は悪びれずに、答えた。

「でもねえ、ちょいといい気分だったよ。見たこともない爺《じい》さんを、仏さまみたいに崇《あが》める連中がいて、入れかわり立ちかわりに、あたしを訪ねてきちゃあ、小遣いをくれるなんてね」

「そんなら、その人達は……」

「盗人なんだろうよ。役人はその兄《あに》さん達のことをあたしに聞きたいのに違いない。でも、聞かれたって、あたしは兄さん達のことは何も知らないんだ。小遣いをくれたから話しただけさ」

「どんな話をしたのだい」

「兄さん達は言ったよ。こんな盛り場の隅で、どぶねずみみてえに暮らしてねえで、石動一家の跡を継がねえかって……」

「お前さん、見込まれたんだねえ」

「女だてらに盗人なんか出来るもんかと言ってやったら、九尾のお紺という凄い女がいる。お前ならわけもねえ……。そう言いやがった」

「ほう……」

お紺は、自分のことを知る盗人が江戸に居ることに、内心穏やかではなかった。

「その、お紺て女が殺した数は、十人を下らないって聞いたよ。ふふふ、大したもんだ」

「御役人も、大したもんだねえ。大泥棒の孫を探しあてるとは」

「大分前からわかっていたそうだよ」

大盗人の孫といってもたかが小娘一人、構うことはないだろうと思っていたら、両国《りょうごく》、柳橋界隈《かいわい》を徘徊《はいかい》する、とんでもない不良娘に成長したものだから、目をつけられた。南町は、火付盗賊改に、弦巻一味召し捕りの手柄を攫われ、汚名返上に躍起《やっき》になっているのだと、お咲は言った。

「その、九尾のお紺っていう、女盗人のことも、調べているのだろうねえ……」

お紺は、殊《こと》の外《ほか》この小娘が、事情通であることに感心して、気になることを訊ねてみた。

「九尾のお紺はまだ捕まえられていないのかい」

お咲は刺すような目を向けた。

「あ、いや、あたしは知らないが、それほど凄《すご》い女なら、まだ捕まえられてはいないのかと……」

小娘と油断していたら、何かいきなり鎌をかけられたような心地がして、お紺は少し動揺してしまった己を恥じた。

聡明なお咲は、この女がお紺であることを少しずつ見破り始めている。

「兄さん方の話じゃあ、南町は、お紺に目星を付けたとか……」

「へえ……」

お紺は平静を装った。

しかし、先ほど、前原弥十郎が、

「この女が何者か、それを知るのも楽しみだ……」

と、言い捨てて大番屋を出たことを思い出すに、内心はますます穏やかではなくなっていた。

そのお紺の表情を、お咲は冷静に見ている。

一通りの剣の技は、秋月栄三郎が教えてくれた。そして、松田新兵衛は、勝負の極意を説いてくれた。

相手の目の動き、息の吐き方――それで心が読めてくることを。

――この女の目は恐ろしいほど荒《すさ》んでいる。

お咲は、腹の探り合いという勝負を、今、この凶悪なる女賊に挑んでいる。

「よし！　引き上げろ！」

大番屋の外から、人夫達の勇ましい声と、土砂がぶちまけられる音がやかましく聞こえたその時――。

「姐さん、いったい何者なんだい」

お咲が押し殺した声をお紺に放った。

木太刀を手に技を繰り出す時の気合で、騒音に紛れて問うたのだ。

「あ、あたしは……。ただの絵草子屋さ……」

お紺は、完全にこの小娘に気圧《けお》された。

あまりに気分が滅入《めい》るからと、間抜けの七五郎と酒場に入ったのが間違いであった。

いや、この身が木更津から来た、絵草子屋の女主・辰であることは、疑いのないことだ。このまま素姓が露見することなどあるはずはない……。

交錯する想いに揺れる心を、見透かされたかのようなお咲の一言に、お紺ほどの女が取り乱したのだ。

いくら毒婦と言われるほどの残忍な女でも、頼みに思う、弦巻の角蔵が、討ち取られたという衝撃から抜け出てはいない。

「ただの絵草子屋ねえ……。何やらしっくりと来ないねえ、はははは……」

愉快に笑うお咲であった。

「やかましいぞ！　さっきから何をうだうだ話してやがんでえ！」

それを番人が咎めた。

「こっちは暇なんだよ！　待たされていらいら、くらくらしているんだ。何でも喋《しゃべ》ってやるから、早く木っ端役人を連れて来やがれってんだ！」

口汚く言い返したのが合図であった。

そこに、黒紋付に巻羽織の着流し、紺足袋《たび》に雪駄《せった》をはいた、町同心が小者と手先を従え、ふらりと入ってきた。

「おう、御苦労だな……」

やや面長《おもなが》の同心が、愛敬《あいきょう》のある声をかけた。

「旦那はいってえ……」

番人は、三人を見て首を傾《かし》げた。まるで見知らぬ顔であったからだ。

「おれを知らねえのは無理もねえやな。こんな恰好をしているが、実は町同心じゃねえんだ」

言うや、同心、小者、手先の三人は、大番屋の内に散らばり、番人達にいきなり当て身をくらわせた。

見事な手際であった。

番人達は、声をあげる間もなく、その場に崩れ落ちた。

三人は、それを居眠りでもしているかのように部屋の内に配し、仮牢を開けてお咲の手鎖を外した。

「お嬢、助けに来たぜ……」

「兄さん達、何てことをするんだよ」

「役人共は、この先お前を見張り続けるだろう。窮屈な暮らしを送るより、おれ達とよろしくやろうじゃねえか。それが嫌なら、このまま置いていくぜ」

「わかった、ついて行くよ。今度会ったらそう言おうと思っていたんだ。今日からあたしは女盗人だ」

「よし、長居は無用だ。行こう……」

　石動の惣五郎の孫娘・おせんを、助けに来た石動一家の残党を演じているのは、同心姿の秋月栄三郎、その小者役の松田新兵衛、そして、南町奉行からの特命に、心うきうき、やる気満々で、弟子二人と共に挑んだ同心の手先姿の岸裏伝兵衛であった。

　今日のこの計略には、多分に伝兵衛の意見が取り上げられていた。

「姐さん、一緒にどうだい」

　脱出を急《せ》かす三人を制し、お咲は、お紺に声をかけた。

　お紺は、目の前であっという間に起こった出来事に、しばし声が出なかった。

「どうせ叩けば埃《ほこり》が出るんだろう。一緒に来なよ」

「そうだね……。連れて行っておくれ」

お紺はついに、本性を顕《あら》わした──。

五

「お紺が大番屋を出されただと……」

「へい、それが何やら妙なんで……。同心が、小者と手先に、姐さんと、若いはねっかえりの娘を引っ立てさせて、大番屋から出て来たんですが、そのますぐ近くの岸に、待たせてあった船へ、とび乗りましてね」

「大番屋の外に船を待たせてあっただと……。で、その船はどこへ向かったんだ」

「面目《めんぼく》ねえことでやすが、とんだ邪魔が入りやして……」

「見失ったてえのかい」

「へい……。煙草《たばこ》売りの恰好した野郎に尾けられていたようで」

「いつから尾けられていた」

「大番屋を見張っている時には、何の気配もありやせんでした。恐らく、船を追って霊岸橋の方へと行く道すがら、町方の犬に怪しまれたようで」

「南町の根岸肥前守は、切れ者だってえからな。おれが、江戸へ戻ってくるのを待ち構えてやがったのかもしれねえな」

「心配はいりやせん。野郎はきっちりまいてやりやした」

「お前に抜かりはねえと思うが、お紺の行方が気になるな」

「小伝馬町《こでんま》へ送られた様子がねえってことは、解き放たれたのかもしれませんねえ」

「ふッ、ふッ、ウメ、お前の言う通りだ。居酒屋で暴れたくらいのことだ。絵草子屋のお辰が、九尾のお紺だとはすぐには気づくめえ」

「同心の野郎が助平心を出しやがって、船で姐さんを送ってやったってところでしょうか……」

「御苦労だったな。後で、絵草子屋に人をやって確かめさせよう」

「だがお頭、あの女には、あまり深入りしねえ方が……」

「うるせえ！　余計な口をたたくんじゃねえや」

「申し訳ありやせん……」

「弦巻の兄貴が死んだ今、この江戸はおれの縄張りだ。お宝も女も、そっくり頂いてやる。それでなきゃあ、気が済まねえ、このうず潮の桂次の、気が済まねえのさ……」

その頃、九尾のお紺は――。

お咲と共に顔を白塗りにして、別人のような化粧を施《ほどこ》し、婀娜《あだ》な芸者姿となって、大身《たいしん》の旗本とその家来二人につき従い、屋根船の上、大川《おおかわ》に乗り出していた。

大番屋から脱出し、近くに泊めてあった船に乗り、まず、栄三郎、新兵衛、伝兵衛、お咲、お紺の五人は、こんにゃく島にある、待合茶屋へと向かった。

ここは、船着き場が家屋の中に取り込まれてあり、船を降りると、すぐに部屋へ上がれる。

船頭も、待合茶屋の主も、肥前守が廻り方の他から厳選した同心で、これも石動一味の残党であるという設定であった。肥前守は、今度の一件から、かつて直接弦巻一味探索に当たった同心達を、用心の為にできる限り外していた。部屋で一息入れると、

「大番屋を共に破ったからには、おれ達もお前も一蓮托生《いちれんたくしよう》だ。こっちは石動一

家の者だと名乗った。この先、助けてほしけりゃあ、そっちも名乗りをあげてもらおうか」

栄三郎はお紺に迫った。

「こうなりゃあ、自棄《やけ》だよ。あたしは、絵草子屋のお辰なんかじゃないんだよ」

お紺はついに観念したという表情を浮かべた。

「絵草子屋のお辰に成りすましたってところかい」

こういう会話は栄三郎に任せきって、伝兵衛と新兵衛は、静かに見ている。

「ああ、旅の中《ちゆう》に知り合って……、こいつがまた、とんでもない嫌な女でねえ……」

「殺《や》っちまったのか」

「ちょっとしたはずみさ」

「はずみねえ……。で、お前の本当の名は？」

「潮来《いたこ》から流れてきた、さきというのさ」

「ほう、おさきってのかい」

栄三郎は心の内で笑った。

この女は、この期《ご》に及んでまだ嘘《うそ》をついている――。伝兵衛、新兵衛の目を見ると、二人とも、栄三郎と同じ想いであるようだ。

——しかも、おさきとはな。

自分と同じ名を名乗られて、一瞬、お咲の顔に険が浮かんだ。

「だから、あのまま取り調べられたら、あたしの昔がわかっちまうんだ。おせんさんには何とお礼を言っていいやら……」

「なんだか姐さんをほっておけなくてねえ」

お咲はそれでも芝居を続けた。

「あたしは何でもしますよ。どうせ、大手を振って外を歩けぬ身だ……。どうか、お仲間に加えてやっておくんなさいまし……」

お紺は自分に親しみの目を向けるおせんに、殊勝に頼みこんだ。

「兄さん達、いいだろう……」

お咲は、おせんを演じて、盗人に扮した三剣客にとりなしてやった。

「お嬢が言うなら仕方がねえや。但《ただ》し、足手まといになったら、死んでもらうぜ」

栄三郎は、お紺に頷いてみせた。

「わかっていますよ。ありがとうございます」

お紺はぺこぺこと頭を下げた。しかし、その腹の内は、凄腕のこの連中に従って、さしあたって今の窮地を脱しさえすれば、後は何とでもなるという、したたかさに充《み》ちていた。

この待合茶屋で、五人は、船遊びを楽しむ侍と芸者に変装した。

化粧と、衣裳《いしょう》の着付けに当たる、石動一味の男衆は、岸裏伝兵衛不肖《ふしょう》の弟子・岩石大二郎《いわいしだいじろう》が務めた。

大二郎は、伝兵衛が道場を畳んで武者修行に旅立った後は、河村文弥《かわむらふみや》という名の、宮地《みやち》芝居の役者となった。

久しぶりに江戸へ戻った伝兵衛は、これを知り驚いたが、役者に精進《しょうじん》する大二郎の姿を見て、

「まあ、それもよかろう」

と、励ましてやったのであるが、剣を捨て役者に成り下がった大二郎を、松田新兵衛は、兄弟子として今でも許していない。

しかし、手早く二人の女を芸者姿に仕上げた大二郎の手並みには、それなりの感動を覚えたか、

「うまいもんだ……」

待合茶屋を出る時に、一声かけてやった。

「兄ィ、くれぐれもお気をつけなすって、おくんなせえ……」

それが嬉しくて、大二郎はつい芝居がかった物言いで見送り、師と兄弟子の三人に睨《にら》まれたものだ。

そうして、屋根船に乗り換えた五人は、大川へと出たのである。

先ほどは、栄三郎扮する同心の手先役に甘んじた伝兵衛が、この度は、大身の旗本の姿となり、栄三郎、新兵衛を家来に従えて、少し悦に入っている。

栄三郎は、遠巻きに南町の精鋭が見張っているとはいえ、毒婦を泳がす危険な役目を、嬉々として演じている師を頰笑ましく見つめつつ、大二郎の手によって、はっとするほど美しい芸者と変じたお咲に舌を巻いた。

どちらかというと童顔で幼く思えたお咲が、伝法な女を演じることで、妖艶《ようえん》な色香を湛《たた》えている。

「どうだい兄さん、あたし、きれいだろう」

芝居に乗じて、お咲は新兵衛にニヤリと笑った。新兵衛は、内心お咲の美しさにどぎまぎとしていたのであろう。それをごまかすようにふっと笑って遠くを見た。

――きれいと言ってやれ！

こんな時でしか、想いを伝えられないお咲の気持ちを汲《く》んでやれぬ、どこまでも武骨な新兵衛に、栄三郎は心の内で怒った。

「これからどこへ行くんです？」

そんなことを考えているなど知る由《よし》もなく、お紺が栄三郎に訊ねた。

やはり、栄三郎が人当たりがよく、話し易《やす》いようだ。

「押上村《おしあげ》で百姓家を持っている身内がいる」

そこには、隠し部屋などもあり、しばらくほとぼりを冷ますのには恰好の場所だと、栄三郎は答えた。

「それから各々《おのおの》収まる所を決めて、いよいよ一仕事だ」

「さっきの待合茶屋といい、うまい具合にお仲間が散らばっているんですねえ……」

「おれ達は皆、食い詰めて、野垂れ死ぬところを石動のお頭に拾われた。そのお頭が捕まえられた時、まだ若かったおれ達は、いつかまた一家を建て直そうと誓い合った。そして機は熟した。だが、おれ達は皆、我《が》が強くてな。ひとつになるには束ねがいるんだよ」

「それがおせんさんかい」

「お嬢が堅気の暮らしをしていたなら、そっとしておくつもりだったが」

「あたしは、ご覧の通りだからね」

お咲はからからと笑った。

「小娘一人で荒くれがまとまる……。お前には馬鹿げた話かもしれねえが、恩を受けた人の忘れ形身《がたみ》のために命をかける。男というものはそういうもんだ」

伝兵衛と新兵衛が、しみじみと相槌を打った。今は影も形もなくなった石動一味の復活話を考えたのは栄三郎である。まったくの作り話なのに、二人共、思わず役に成り切って妙な心地となったのだ。

屋根船は、小名木川《おなぎ》へと進む。

「おさきと言ったな。お前はどうして、居酒屋で飲んで暴れたりしたんだ。そんなことをすりゃあ、役人の手を煩《わずら》わすことになって、綻《ほころ》びが出るってことを考えなかったのかい」

今度は伝兵衛がお紺に問うた。少しくだけた口調がなかなかの役者ぶりである。

「そりゃあ……」

お紺は、おさきと呼ばれて、一瞬たじろいだが、すぐに切ない溜息《ためいき》をついた。

お咲も美しいが、大人の熟した色香を見せつけるお紺も、男の気を引きつける魅力に充ちている。

「女が一人で生きていりゃあ、色々あるってものですよ。何だか哀《かな》しくて、やり切れなくて、飲まないといられない時がね……」

「それで魔がさしたというのかい」

「ええ、まあ……。今度、ゆっくり話を聞いて下さいまし……」

婉然《えんぜん》と頰笑むお紺を見て、

「お前は、男を何人も殺したようだな……」

危ない危ないと、伝兵衛は剽《ひょう》げて見せた。

お紺はなおも、栄三郎達に、自分の素姓をはっきりと明かさない。

奉行・根岸肥前守の狙いは、お紺を泳がせて、江戸に入りこんだと思われる、うず潮一味の居所を見つけることである。

今、この瞬間にも、うず潮一味の手の者が、この船を見張っていて、お紺奪回の時を窺っているかもしれない。

その連中を、さらに南町の手の者が見張っているなら、うず潮の桂次の居所も

知れようものであるが、今のところ、どうも、うず潮一味が、この船を追ってい
る様子はない。
桂次の乾分《こぶん》らしき男を見つけたものの、その〝ウメ〟には、逃げられていたの
で無理もない。
「そんなことより、兄さん方の名を教えておくれな」
お紺は、自分がどのように男から見られているかを知っている。気のある素振《そぶ》
りをして、この三人の男を仲間割れさせることなど、わけもないと、高を括《くく》って
いる。
今度は新兵衛に色っぽい目を向けた。
「おれは犬太郎《いぬたろう》、こいつ（栄三郎）は猿吉《さるきち》、その殿様は雉子之助《きじのすけ》様だ……」
汚れたものを見るように、新兵衛は吐き捨てた。
「こいつはいいや……」
新兵衛に色目を使うなど、人食い熊にお愛想を言うようなもの。この男は、雲《くも》
の絶間姫《たえまのひめ》に誘惑されても破戒《はかい》はしないだろう。
それを知るだけに、栄三郎と伝兵衛は、おかしくて仕方がなかった。
「それじゃあ、あたしは桃太郎《ももたろう》かい」

お咲はというと、愛しい新兵衛が、この色気に溢《あふ》れた女に目もくれぬことが嬉しくて、ついついはしゃいでしまった。

「どうせお前も、おさきなどと、思いつきで名乗っているのだ。おれ達の名もそれで充分だろう」

新兵衛はくすりともせず、閻魔のような厳しい目を向けた。その目は、どんな嘘も見破ってしまうという、浄玻璃《じょうはり》の鏡の如く、曇りがない。

修羅場をいくつも潜《くぐ》った、九尾のお紺も、この一切の邪心のない目で見られると、返す言葉もなく、動揺だけが顔に浮かんだ。

その時である。

小名木川から横《よこ》川へ、間もなく押上村へ入ろうかという所の岸に、百姓男が一人佇《たたず》んでいるのが見えた。

「鬼《おに》ヶ島《しま》からの遣いだぜ……」

言うや、栄三郎は、船を岸に着けさせて、男の方へと向かった。辺りは一面田《たん》圃《ぼ》が広がり、岸辺に立つ柳の下で、二人は何やら深刻な話をしているように、船上のお紺からは見えた。

百姓男は又平であった。

「どうです、お辰は九尾のお紺だと白状しましたかい」

「いや、潮来から流れてきた、おさきだと名乗りやがった」

「そんなら、中沢様の見込み違いだと……」

「中沢さんの目に狂いはねえ。あの女は、とんでもねえ女狐《めぎつね》だ。恐らくお紺に違《ちげ》えねえ」

「助けてもらってしらばっくれるとは、ふてえ女ですねえ」

「うず潮一味の動きはどうだ」

「それが、大番屋を出た後、船の行方を追っていた怪しい野郎が居て、竹茂《たけしげ》の茂《も》兵衛《へえ》親分が、煙草売りに化けてそっと尾けたんですが、見事にまかれちめえやした」

「敵もさるものだな。だが、そいつはうず潮の桂次の手下に違いない。桂次は、お紺のことが忘れられねえってわけだ」

「遠目に見ても、なかなかいい女ですからねえ」

「お咲に比べりゃあ、何でもねえよ」

「ほんに、そのようで……」

又平は屋根船を窺い見て頷いた。

「てことは、うず潮一味の連中は、おれ達の船を見失ったってことだな」

「大番屋を出たものの、絵草子屋にも戻ってねえことがわかったら、苛々《いらいら》としているでしょうね」

「よし、こっちの方から懐《ふところ》へ入ってやるか」

言うや、栄三郎は近くの雑木林の中に又平ととびこんだかと思うと、すぐに一人で出て来て、船に乗りこんだ。

「どうしたんです……」

お紺が血相変えて船に戻ってきた栄三郎に訊ねた。

「行く先を変える。反対の方へ出してくれ」

栄三郎は不機嫌に船頭に言った。

船頭を務めているのは、年番方から選抜された同心である。黙って頷くと、船を出した。

「まずいことになった。鬼ヶ島の遣いが言うには、押上村の百姓家は、町方に囲まれているらしい」

「何だと、確かな話か……」

伝兵衛が問うた。盗人の芝居もなかなか堂に入ってきた。

「ああ、残念だがな。今も雑木林に犬が居た」

「見つかったんですかい」

お紺の顔に焦りの色が出た。

「心配いらねえ、始末してきた……」

栄三郎は船の中でそっと大刀を抜き、雑木林の中で又平が塗りつけた血糊《ちのり》を懐紙で拭った。

「殺っちまったのかい……」

それを見たお紺が、つい、女賊らしい声をあげてしまった。

「骸《むくろ》は奴が片付けた。だが、百姓家が見張られているとなりゃあ、あの待合にも手が回っているかもしれねえな」

「ああ、何といっても、おれ達は大番屋を破ったんだ。あっちも血眼《ちまなこ》になっているだろうよ」

栄三郎の呟《つぶや》きに、伝兵衛が応えた。

「仕方がない、船で行ける所まで行って、後は腕ずくで逃げるしかあるまい」

新兵衛は傍に置いた大刀を摑んで、

「そうなればお前は足手まといだ。始末したいところだが、おれ達はそこまで無慈悲じゃない。こっちのほとぼりが冷めるまで、どこかで眠ってもらうが悪く思うな」

再びお紺を睨みつけた。

「ちょっと待っておくれよ……」

お紺は慌てた。逃げ込むあてはあるが、そこまで無事に辿《たど》りつけるかは危うい。

この連中を利用して、身の安全を確保してから、つ、な、ぎをとろうと思ったが、こうなったら仕方がない。

「わかったよ。すっかり白状するよ……」

「何を白状するというんだ」

栄三郎は空惚《そらとぼ》けてみせた。

「人が悪いねえ。あたしが御同業だってことは、うすうすわかっているんだろう」

「九尾のお紺、てえのはお前のことだな」

お紺は、悪びれずにニヤリと笑って、頷いた。

「やっぱりそうだ。こいつはお見それ致しました……」

お咲は大仰《おおぎよう》に頭を下げた。

「お見それしたのはこっちの方さ。向島《むこうじま》の隅田《すみだ》村までやっておくれよ。そこに、〝まつかぜ〟という料理茶屋がある。そこへ入ってしまえば何とかなるよ」

「お前の仲間内の盗人宿かい」

「ちょいと訳ありの男がいるのさ。それだけに、あたしの方から頭を下げて行くのは業腹《ごうはら》だが、背に腹はかえられないさ」

「よし、おれ達をそこへ案内してくれ。この恰好で料理茶屋へ入れば、怪しまれることもねえだろう」

「ああ、おあつらえむきだね。大番屋から出してくれたんだ。その礼はさせてもらうよ……」

「ありがてえ……。百姓家に逃げ込むより、気が利《き》いてらあ。楽しい船遊びだなあ……」

照りつける陽光がきらきらと水面《みなも》を照らした。そのはね返りが、お咲とお紺
――二人の女をさらに美しく、神秘的なものにしていた。

六

「すっかりと世話をかけちめえやしたねえ……」

うず潮の桂次は、侍と芸者に扮した五人を前に、穏やかな笑みを浮かべた。

がっちりとして、押し出しがあり、眼に太い眉が迫った、なかなかに、きりりとした男である。お紺が未練を残すのも頷ける。

元より九尾のお紺を泳がせるためにうった、手のこんだ芝居である。

当然の如く、五人を乗せた船は、難無く隅田村の岸辺に設《しつら》えられた、料理茶屋の船着き場に着いた。

「おれはこれで消えるぜ」

五人を降ろすと、船頭役の同心は屋根船を操《あやつ》り、再び大川へと姿をくらませた。

この辺りは、大川とあやせ川が交叉《こうさ》する、まことに穏やかな田園地帯で、船着き場の周りは木立《こだち》で覆われていて、その向こうにひっそりと、風雅《ふうが》な藁《わら》屋根で造られた茶屋が立っていた。

大身の侍がお忍びで遊ぶには恰好の茶屋であるが、この〝まつかぜ〟こそ、うず潮一味が、江戸での新たな拠点として手に入れた盗人宿である。

今は、客も奉公人もすべてが、桂次の乾分である。

乾分の〝ウメ〟から、お紺らしき女が酒場で暴れ、大番屋に引っ立てられたことを耳にして、気が気でなかった桂次である。

さらに、翌日、同心に促され大番屋を出た後、船に乗って行方が知れぬようになったお紺が訪ねてきたのである。嬉しからぬはずはない。桂次はすぐに五人を、離れの一間に通したのである。

弦巻の角蔵の下で、盗みを働いていた桂次とお紺は、互いに惚れ合う間であったが、角蔵がお紺を望み、新たに一家を構えることと引き換えに桂次は身を引いた。

女の一人二人をくれてやってでも、盗人の頭になることを望んだものの、残る未練が、角蔵の死後、桂次の江戸入りを急き立てた。

「この人は、死んだ弦巻のお頭の姐《あね》さんだ。下らねえことで、大番屋にとっつかまったと聞いて、案じていたが、よくぞここまで連れてきて下さいやしたねえ」

しかし、口ではあくまでも兄貴分の情婦を想う様子を、桂次は取り繕《つくろ》った。

「うず潮のお頭の噂は聞いておりやしたが、聞きしに勝《まさ》るお人のようだ。今はこっちが厄介になる身、どうかここでほとぼりを冷まさせてやっておくんなさい」

栄三郎が桂次の受け答えに立った。

「困った時はお互いさまだ。石動のお頭には会ったことがねえが、大層立派なお人だったと聞いておりやす。その忘れ形身を匿《かくま》うとは、身の誉《ほま》れにござんすよ」

「こちらはおせんさんに、犬太郎さん、猿吉さんに、雉子之助さんだよ……」

立場が逆転して、お紺は少し皮肉に紹介した。

「この上は、きっちりと名乗らせてもらいますよ」

「盗人同士のことだ、それでようござんすよ。すぐに酒の用意をさせましょう。まずはゆっくりと休んでおくんなせえ。お紺姐さんにはあれこれとしなきゃあならねえ話がある。ちょいと御免なすって……」

桂次は、手下に命じて、離れ座敷に酒を運ばせ、自らはお紺を促し、自室へ入った。

部屋には、栄三郎、伝兵衛、新兵衛、お咲の四人が残された。

「さすがは、うず潮のお頭だ。何事もよく心得ていなさる。次の仕事はあっしらもお手伝いさせて頂きますよ」

栄三郎は、桂次の乾分達に愛敬《あいきょう》を振りまき、

「後はこっちでやりますんで、ちょっとの間、休ませておくんなさいまし」

と、離れ座敷に運ばれてきた酒に手をつけた。


一方、桂次の部屋では——。

「お紺、会いたかったぜ……」

抱き寄せる桂次の腕から、さっと逃れて、

「ふん、今さら何を言うんだい。あたしをお頭に売りとばしておいてさ」

お紺は恨み事を言っていた。

「角蔵の兄貴に望まれりゃあ仕方がなかったのさ。おれが拒《こぼ》めば、二人共、兄貴に消されていたかもしれねえ」

「知らないよ」

「それが今はどうでえ、弦巻一家は消えてなくなり、おれが盗人の頭で、お前はその、姐さんだあな」

桂次は、お紺を後ろから抱きすくめた。

「お前さん、ひょっとして……」

「盗賊改に、兄貴の立ち廻り先を教えたのは、このおれじゃあねえか……。そう言いてえのかい……」

「そうなのかい……」

久し振りの男の体臭を肌身に覚え、お紺は喘《あえ》いだ。

「さあ、それはどうかな。ひとつ言えることは、この世で、縁がつながっていたのは、おれとお前だったってことさ。お紺、今まですまなかったな……」

「すまないで、すまされるもんか。お頭が殺されたと聞いて、どうしたものかと気を揉《も》んでいたら、お前の乾分から遣いが来て、この料理茶屋に来いだってさ。誰が行ってやるもんかと思ったよ」

「お頭が死んだというのに、すぐに江戸を離れなかったのは、おれがお前を迎えに来るかもしれねえ、そう思ったからだろう」

「ああ、そうさ……。それが何とも悔しくて、あたしはそれで、飲んだのさ」

「お前は飲むと、すぐに見境がつかなくなるからな」

「あげくに大番屋の牢に入れられて、どうなることかと思ったよ」

「さすがの九尾のお紺も、これまでと思ったか」

「南町の同心が、何か嗅《か》ぎつけたようでさ、胆を冷やしたよ」

「ウメもおかしな野郎に尾けられたようだ。気をつけねえとな」

言いつつ、お紺の懐に桂次が右手を差し入れようとするのを振りほどいて、

「あいつらが助けてくれたからよかったものの、そうでなければ、お前はあたしを見殺しにするつもりだったんだろうよ」

お紺は桂次を睨みつけた。

「ふん、大番屋くれえ、おれだって襲ってやったさ」

「今日のところはそういうことにしておくよ」

「お紺……」

「お楽しみは、石動一家の連中を始末してからだよ」

「助けてくれた連中を消すってえのか」

「あたしらの正体を知った上は、死んでもらうしかないね。あいつら、義理だとか人情だとか、甘っちょろいことを吐《ぬ》かしやがって、この先、面倒を持ちこんでくるに違いないよ」

「お前の言う通りだな、ここは、おれ達しかいねえ。消すのはわけもねえや。ふん、石動一家を名乗っているが、怪しいもんだぜ」

「腕が立つから気をつけるんだよ」

「抜かりはねえやな。酒の中に痺《しび》れ薬を入れておいた。奴らを乗せてきた船頭にも、追手はかけてあるよ」

「あんたは本当に悪い男だねえ……」

「お互いさまだ……」

情け知らずの賊二人は、ニヤリと笑い合った。これほどの凶悪な盗人が、人らしく惚れた腫《は》れたで危険をおかしてまで睦《むつ》み合おうとするとは、まことに男と女の間は不思議なものである。

やがてウメが、離れ座敷の四人の様子を報《しら》せにきた。

「奴ら、部屋でぐったりとしておりやすよ」

「そうかい、疲れが出たのだろうよ。気の毒だなあ……。皆を離れに集めさせろ」

「へい……」

離れ座敷では、栄三郎、伝兵衛、新兵衛、お咲の四人が、ウメが報せた通り、目も虚《うつ》ろでぐったりとしていた。

そこへ、桂次とお紺が入って来た。

空になったちろりが幾つか、部屋に転がっていた。

「おやおや、随分と酒が回ったようだ」

桂次がそれを見て、嘲笑《あざわら》うように言った。

口を半開きにしたままの栄三郎は何か言いたそうであるが、言葉にならない。

「人の情けを真に受けて、痺れる酒を飲む……。男ってえのはそういうものかい」

お紺は哄笑《こうしょう》した。屋根船の上で、あれこれいたぶられたことが、この女賊にとっては屈辱だった。それが、余計な口をきかせた。

「そうかい……」

栄三郎は唸った。

「やっぱり痺れ薬が入っていたのか」

言うや、栄三郎、伝兵衛、新兵衛、お咲はすっくと立ち上がった。三剣客の手には大刀が握られている。

「こんなこともあろうかと、酔ったふりをしてみたのさ……」

昨夜、遅くまで、奉行・根岸肥前守を交えて、あらゆる状況を考え、その時の対処を打ち合わせた四人であった。

ちろりの酒は、見張られていないのを確かめ、掛軸を見るふりをして伝兵衛が、床《とこ》の間《ま》の花瓶《かびん》に捨てた。四人は空のちろりでやり取りをして、飲んだ風を装ったのである。

見事に切り返され、桂次とお紺は目を見開いて、後退《あとずさ》った。

「どこまで汚《きたね》え奴らなんだ。そうやって、虫ケラみてえに何人殺しやがった」

「黙りやがれ！　盗人の説教は受けないよ」

お紺はさすがに腹が据わっている。

「だがこれで、お前らを叩っ斬るのに遠慮がいらなくなったぜ」

栄三郎は、他の三人に目配せをした。

「お前ら、ここをどこだと思ってやがんでえ」

桂次には勝算がある。

「やっちめえ！」

頭の咆哮《ほうこう》に呼応した乾分共が、障子戸《しょうじど》を蹴破って、たちまち離れ座敷に殺到した。

「おれから離れるなよ……」

新兵衛は、お咲に脇差を手渡すと、抜刀して、たちまち一人を斬り倒した。

その時には、栄三郎が一人、伝兵衛が二人、すでに賊徒を斬っていた。

四人は背中合わせに一塊《ひとかたまり》となり、敵に向かった。

「野郎！」

新兵衛に二人が同時にかかってきた。

新兵衛は一人の刀をはねあげ、もう一人の刀を屈《かが》んでかわすと、そ奴の胴を薙《な》ぐ。

「エイッ！」

お咲は、刀をはねあげられた一人の足を、脇差ですくい上げた。

思わぬ小娘の早業《はやわざ》に、その一人は膝を切られて、その場にもがく。

「よくやった！」

初めて人を斬った興奮に震えるお咲を、新兵衛が誉めた。

伝兵衛に腕を斬られ、倒れ込む一人を蹴とばしつつ、栄三郎は愛弟子《まなでし》の初陣《ういじん》に目を細めた。

腕が立つとは聞いていたが、この段違いの強さに、賊達は焦った。

その隙をついて、部屋の隅に置いてあった塗笠《ぬりがさ》を手に、栄三郎は庭に降り立ち、それを高々と宙に投げ上げた。

その笠は、料理茶屋の外の大樹の上で成り行きを窺っていた又平の目に届いた。

「親分！」

大樹の下には、〝竹茂〟の茂兵衛が居て、今か今かと又平の合図を待っていた。

その茂兵衛が、手製の呼子《よびこ》を高らかに吹き鳴らした。

「それ！」

前原弥十郎、中沢信一郎が、周囲に伏せていた南町の精鋭を従えて、鎖帷子《かたびら》、籠手《こて》、臑当《すねあて》の重装備も何のその、獲物を追う猟犬の如く、料理茶屋に殺到した。

茶屋の内では、もはや、戦う気力も失せた盗賊達が逃げまどっていた。

どさくさに紛れて、お紺を放って逃げる桂次の前に、お咲が立ち塞がり、

「薄情者！」

と、脇差を峰に返して、面を打った。

無様にも頭を抱えて崩れ落ちる桂次を見て、お紺は、へなへなとその場に座り込んだ。

それを捕方が呑みこんだ。

栄三郎は、

「ちょっとの間、お咲を落ち着かせてやれ」

と、新兵衛とお咲を、茶屋の小部屋へ放り込むと、伝兵衛と共に、捕方に捕まえられるという最後の芝居を演じた。

小部屋の中で新兵衛と二人きりになり、お咲は思わず手にした刀を落とした。

「松田様……、新兵衛様……！」

持ち前の勝気さと、好奇心で気丈を貫いても、今日一日の緊張と、人を斬った興奮、剣客三人が見せた、剣戟《けんげき》の凄《すさ》まじさにそこは大店の箱入り娘――お咲は事が済んだと悟るや、新兵衛の胸の中にとびこんだ。

「私は、私は、人を……」

「斬ったが相手を殺してはおらぬ。盗人相手に見事なものであったぞ」

「ああ……」

誉められて、お咲は切ない吐息をついた。

松田新兵衛は、このような生死と隣合わせの日々を送る、剣客の中の剣客なのである。自分の気持ちを知りながら、絶えず一線を画す新兵衛の真意は、それを知らぬお咲への何よりの優しさであったのだ。

頭ではわかっていたことを、今、肌身で知り、清らかな乙女は、こみ上げる感動に涙するのであった。

「剣を極めると、そこには虚しさがつきまとう。だが、お咲、栄三郎もおれも、岸裏先生も、おぬしの汚れなき剣を見守っている。剣に迷うなよ……」

新兵衛は、優しくお咲を抱き締めてやった。

何と武骨な愛情の表現であろうか……。

芸者に扮した白粉《おしろい》の香が、お咲の汗と絡まり甘い匂いとなって、新兵衛の鼻腔《びこう》を刺激した。

こみあげる恋情を、やはり新兵衛は抑えつけた。

それでもお咲は幸せであった。新兵衛の胸の中で、高ぶる心はうららかな春の陽射しに雪が溶けるが如く、落ち着きを見せていった。

しばらく、二人はそのままでいたが――。

やがて小部屋の戸が開かれて、

「取り込み中、すまねえが、そろそろお縄になってもらいてえんだが……」

申し訳なさそうに、前原弥十郎が言った――。

七

うず潮一味は壊滅した。

屋根船の後を追った、桂次の乾分が捕えられたことは言うまでもない。賊徒達が密かに手の者を、これといった同心の屋敷に、下働きの女中として送りこんでいたことも後の調べで明らかになった。

石動一味の残党四人は、捕物の最中、憤死《ふんし》したと記録に残された。

どうせ獄門台に上がる賊徒共には、この四人が次の日の夕べには、呉服店・田辺屋の奥座敷で、和気藹々《わきあいあい》と盃を交わしていることなど知る由もなかったが……。

事件が終わると、すぐに田辺屋宗右衛門は、南町奉行・根岸肥前守の役宅に呼び出され、お咲の抜群の功を賞された。

どこで、どう、今度のからくりが世間に広まり、盗人共の残党に恨みを買われるかしれたものではないゆえ、宗右衛門はその場で、肥前守から受けた〝密命〟を忘れることにした。

そうは言っても、肥前守が思っていた以上に危険な芝居となり、

「この先、二度とこんなことは頼まねえから今度ばかりは、許してくんな」

肥前守は、田辺屋の愛娘《まなむすめ》を酷使したことを平謝りにあやまって、宗右衛門を恐縮させたのであった。

〝密命〟を忘れてしまったのは、お咲も、秋月栄三郎も、岸裏伝兵衛も、松田新兵衛も、又平も同じことであったが、宗右衛門が、じっとしていられるはずはない。

早速、五人を集めて、労《ねぎら》いの宴を開いたものである。

「御奉行様が、改めて席を設けて下さるとのことでした」

冒頭、この一言だけ伝えると、

「さあさあ、この前の宴の続きと参りましょう」

宗右衛門は、終始御満悦で、跡取り息子の松太郎を始め、店の者達も順次呼び出して、この日の田辺屋の奥座敷は賑やかなことこの上ない。

剣の師と友の助けを借りて、見事、お咲を守り、盗人との間を取り次いだ栄三郎に、奉行から幾ら謝礼が払われたかは定かでない。

「又平、随分と暑くなってきやがったぜ……」

栄三郎がいかにも楽しそうに言った。

「まったくでやすねえ……」

頷く又平の向こうで新兵衛にお咲が酒を注《つ》いでいる。

相変わらず素っ気ない素振りの新兵衛ではあるが、笑い合う表情を見るに、お咲との間合は確実に近付いている。

伝兵衛はと言うと――。

女中のおゆうに酒を注がれて、こちらも上機嫌である。

武骨な男が照れた様子が珍しいのか、愛おしいのか、おゆうの頬は上気している。

醜《みにく》く絡み合う男と女もいれば、そっと縁を育《はぐく》む男女もいる。

「又平、何だかおれは蚊帳《かや》の外だな……」

それが嬉しい栄三郎の嘆きに、

「旦那にだってほら……」

又平が示す方から、盆に小鉢を載せて、おはながやってきた。

「先生、どうぞ……」

七つになるおゆうの娘は、相変わらず、幼《いた》い気で、えも言われぬ愛らしさを振りまいている。

「おはなはお利口だな。うん、おれはお前が笑ってくれりゃあ言うことはねえや」

子供に好かれるのがおれの身上だと、一人納得する栄三郎の前に、

「先生！　ひとつ、お流れを頂戴願いやす……」

宗右衛門に相伴《しょうばん》を許され、おかしいほど畏まった男衆が三人、ぞろぞろとやって来た。

「お前らは、こんにゃく三兄弟か」

思わず口走った栄三郎を見て、勘太、乙次、千三は大喜びで、

「やっぱり白般若様は先生だ」

「よかったな兄貴」

「先生、あっしらを弟子にしてやっておくんなせえ……」

間の抜けた顔を一斉に向けてきた。

――どうしてこんな奴らにばかり、惚れられるんだ。

苦笑いの栄三郎は返す言葉を探そうと名人鉄五郎《てつごろう》作の自慢の煙管《きせる》で一服つけた。

――今年は暑い夏になりそうだ。

溜息まじりに吐き出した白い煙が、宙に大きな輪を描いた――。

本書は二〇一一年七月、小社より文庫判で刊行されたものの新装版です。

一〇〇字書評

切・り・取・り・線

千の倉より

購買動機（新聞、雑誌名を記入するか、あるいは○をつけてください）	
□（　　　　　　　　　　）の広告を見て	
□（　　　　　　　　　　）の書評を見て	
□ 知人のすすめで	□ タイトルに惹かれて
□ カバーが良かったから	□ 内容が面白そうだから
□ 好きな作家だから	□ 好きな分野の本だから

・最近、最も感銘を受けた作品名をお書き下さい

・あなたのお好きな作家名をお書き下さい

・その他、ご要望がありましたらお書き下さい

住所	〒				
氏名		職業		年齢	
Eメール	※携帯には配信できません	新刊情報等のメール配信を 希望する・しない			

この本の感想を、編集部までお寄せいただけたらありがたく存じます。今後の企画の参考にさせていただきます。Eメールでも結構です。

いただいた「一〇〇字書評」は、新聞・雑誌等に紹介させていただくことがあります。その場合はお礼として特製図書カードを差し上げます。

前ページの原稿用紙に書評をお書きの上、切り取り、左記までお送り下さい。宛先の住所は不要です。

なお、ご記入いただいたお名前、ご住所等は、書評紹介の事前了解、謝礼のお届けのためだけに利用し、そのほかの目的のために利用することはありません。

〒一〇一-八七〇一
祥伝社文庫編集長　清水寿明
電話　〇三（三二六五）二〇八〇

祥伝社ホームページの「ブックレビュー」からも、書き込めます。
www.shodensha.co.jp/bookreview

祥伝社文庫

千《せん》の倉《くら》より　取次屋栄三《とりつぎやえいざ》〈新装版《しんそうばん》〉

令和 6 年 3 月 20 日　初版第 1 刷発行

著　者　岡本《おかもと》さとる
発行者　辻　浩明
発行所　祥伝社《しょうでんしゃ》
東京都千代田区神田神保町 3-3
〒 101-8701
電話　03（3265）2081（販売部）
電話　03（3265）2080（編集部）
電話　03（3265）3622（業務部）
www.shodensha.co.jp
印刷所　錦明印刷
製本所　積信堂
カバーフォーマットデザイン　中原達治

Printed in Japan ©2024, Satoru Okamoto　ISBN978-4-396-35043-7 C0193

祥伝社文庫の好評既刊

岡本さとる
取次屋栄三《えいざ》 新装版
武士と町人のいざこざを、知恵と腕力で丸く収める秋月栄三郎。痛快かつ滋味溢れる傑作時代小説シリーズ。

岡本さとる
がんこ煙管《ぎせる》 取次屋栄三《えいざ》② 新装版
廃業した頑固者の名煙管師に、もう一度煙管を作らせたい。廃業の理由は娘夫婦との確執だと知った栄三郎は……。

岡本さとる
若の恋 取次屋栄三《えいざ》③ 新装版
分家の若様が茶屋娘に惚れたという。心優しい町娘にすっかり魅了された栄三郎は、若様と娘の恋を取り次ぐ。

岡本さとる
茶漬け一膳 取次屋栄三⑤
安五郎《やすごろう》の楽しみは、安吉《やすきち》と会うこと。実はこの二人、親子なのだが……。栄三が動けば絆《きずな》の花がひとつ咲く！

岡本さとる
妻恋日記 取次屋栄三⑥
亡き妻は幸せだったのか？　日記に遺《のこ》された若き日の妻の秘密。老侍が辿《たど》る追憶の道。想いを掬《すく》う取次の行方は。

岡本さとる
浮かぶ瀬 取次屋栄三⑦
神様も頬《ほお》ゆるめる人たらし。栄三の笑顔が縁をつなぐ！　取次屋の心にくい仕掛けに、不良少年が選んだ道とは？

祥伝社文庫の好評既刊

岡本さとる　**海より深し**　取次屋栄三⑧

「キミなら三回は泣くよと薦められ、それ以上、うるうるしてしまいました」女子アナ中野佳也子《なかのかやこ》さん、栄三に惚れる！

岡本さとる　**大山まいり**　取次屋栄三⑨

大山詣りに出た栄三。道中知り合ったおきんは五十両もの大金を持っていて……。栄三が魅せる〝取次〟の極意！

岡本さとる　**一番手柄**　取次屋栄三⑩

どうせなら、楽しみ見つけて生きなはれ。じんと来て、泣ける！〈取次屋〉誕生秘話を描く、初の長編作品！

岡本さとる　**情けの糸**　取次屋栄三⑪

自分を捨てた母親と再会した捨吉《すてきち》は……。断絶した母子の闇を、栄三の〝取次〟が明るく照らす！

岡本さとる　**手習い師匠**　取次屋栄三⑫

栄三が教えりゃ子供が笑う、まっすぐ育つ！　剣客にして取次屋、表の顔は手習い師匠の心温まる人生指南とは？

岡本さとる　**深川慕情**　取次屋栄三⑬

破落戸《ならずもの》と行き違った栄三郎。その男、居酒屋〝そめじ〟の女将・お染《そめ》と話していた相手だったことから……。

祥伝社文庫の好評既刊

岡本さとる
合縁奇縁《あいえんきえん》　取次屋栄三⑭

凄腕《すごうで》女剣士の一途《いちず》な気持ちに、どう応える？　剣に生きるか、恋慕をとるか。ここは栄三、思案のしどころ！

岡本さとる
三十石船　取次屋栄三⑮

大坂の野鍛冶の家に生まれ武士に憧れた栄三郎少年。いかにして気楽流剣客となったか。笑いと涙の浪花人情旅。

岡本さとる
喧嘩屋　取次屋栄三⑯

大事に想う人だから、言っちゃあいけないこともある。かつての親友と再会。その変貌ぶりに驚いた栄三は……。

岡本さとる
夢の女　取次屋栄三⑰

旧知の女の忘れ形見、十《とお》になる娘おえいを預かり愛しむ栄三。しかしおえいの語った真実に栄三は動揺する……。

岡本さとる
二度の別れ　取次屋栄三⑱

栄三と久栄の祝言を機に、裏の長屋へ引っ越した又平。ある日、長屋に捨て子が出るや又平が赤子の世話を始め…。

岡本さとる
女敵討《めがたきう》ち　取次屋栄三⑲

誠実で評判の質屋の主から妻の不義調査を依頼された栄三郎は、意気揚々と引き受けるが背後の闇に気づき……。

祥伝社文庫の好評既刊

岡本さとる　忘れ形見《がたみ》　取次屋栄三⑳

名場面を彩った登場人物たちが勢揃い！　栄三郎と久栄の行く末を見守る、感動の最終話。

岡本さとる　それからの四十七士

〝火の子〟と恐れられた新井白石と、〝眠牛〟と謗られた大石内蔵助。命運を握るは死をも厭わぬ男の中の漢たち。

今井絵美子　岡本さとる　藤原緋沙子　哀歌《あいか》の雨

いつの時代も繰り返される出会いと別れ。すれ違う江戸の男女を丁寧に描く、切なくも希望に満ちた作品集。

宇江佐真理　十日えびす　新装版

夫が急逝し、家を追い出された後添えの八重。義娘と引っ越した先には猛女お熊がいて……母と義娘の人情時代小説。

宇江佐真理　ほら吹き茂平　なくて七癖あって四十八癖　新装版

うそも方便、厄介ごとはほらで笑ってやりすごす。懸命に真っ当に生きる家族を描く豊穣の時代小説。

宇江佐真理　高砂《たかさご》　なくて七癖あって四十八癖　新装版

倖せの感じ方は十人十色。夫婦の有り様も様々。懸命に生きる男と女の縁《えにし》を描く、心に沁み入る珠玉の人情時代。